兄貴、どうかな～？
僕の勝負服
じつは
義妹《いもうと》でした。
7
～最近できた義理の弟の
距離感がやたら近いわけ～
姫野晶
Himeno Akira
涼太の義理の妹で、
芸能界デビューも目前！
涼太の修学旅行とお仕事ロケ
行き先が被った結果……!?

好きだから、
ちゅーしたい……

（――さすがに
ダイレクトすぎるだろっ……！）
真嶋涼太
Majima Ryota
高校３年生に進級＆晶の
サブマネージャーとして奮闘中！
修学旅行で、
しばらく晶と離れ離れと
思っていたら……

晶ちゃん、涼太の背中、
いつも流してあげてるの？
なぜか3人で混浴…!?

はい、してます
してません。
見栄を張りました

兄貴、見てみて！
海が見えるよ〜！
建さんが居ぬ間に——

お菓子食べる？
それとも、これ使ってゲームする？

そのうち乾くと思う
星野千夏
Hoshino Chika
涼太や結菜の同級生。光惺を意識していて修学旅行も一緒に行動！友達想いで、気遣いもできる優しい子
月森結菜
Tsukimori Yuina
涼太のクラスメイト。弟たちの問題を真嶋兄妹に解決してもらい、友人関係に。じつはグラビアアイドルとしても活躍している
水濡れアトラクションで……

# じつは義妹《いもうと》でした。7
## ～最近できた義理の弟の距離感がやたら近いわけ～

白井ムク

ファンタジア文庫

3397

口絵・本文イラスト　千種みのり

# contents

# プロローグ

フジプロAビル一階のエントランス。

俺こと真嶋《まじま》涼太《りょうた》は、ある人を待ちながら、缶コーヒーを片手にこう思った。

あっという間だった。いろいろあったけれど、ようやくここまで来たのだな——と。

——十七時半、そろそろか。

いくらもしないうちに、若手のタレントたちがエレベーターから降りてきた。

空き缶をゴミ入れに捨て、俺はエレベーター付近で待機する。

おっと——あらかじめタブレットでスケジュール表を表示しておくことを忘れてはならない。それから、髪の乱れを直して、スーツのしわも伸ばしておく。

「お疲れ様」

「お疲れ様でしたー」

タレントたちは挨拶を交わして、ある者はそのまま正面出入り口へ、そしてある者は裏口へと去っていく。そんな人の流れを眺めていると、次のエレベーターが降りてきた。

——これかな。

チーンとベルが鳴ってエレベーターのドアが開くと、中から四、五人が降りた。その中から、一人外れてこちらに近づいてくる彼女の姿があった。

──姫野《ひめの》晶《あきら》。

フジプロA所属の新人女優だ。

彼女はいかにもレッスン終わりという感じの、疲れた表情をしている。

けれど、ピンと背筋が伸びているためか、その凛《りん》とした綺麗《きれい》な歩き方と、メイクの力も相まって、気怠《けだる》げな表情ながらも美しく見える。俺は若干緊張気味に、

「レッスンお疲れ様でした、姫野さん」

と先に声をかけた。

彼女の気怠そうな顔に、なにか安心したような笑みがふと浮かぶ。

「お迎えありがとうございます」

「今日はどうでしたか？」

「滞《とどこお》りなく……それで、次のスケジュールはどうなっていますか？」

「十九時からテレビ有栖《ありす》の『おしゃべり009《ナイン》』のスタジオ収録、二十一時半にFMラジ

オ『Kanon the Radio』出演です。そちらで本日は終わりですね」

　彼女はそっとため息を吐《つ》き、

「そうですか。では、夕飯はテレビのお仕事が終わってからにします」

と、俺を気遣うように笑顔をつくった。

「……かしこまりました。どこかお店を手配しておきます。――では、タクシーを待たせてありますので、次の現場へ行きましょうか、姫野さん」

　彼女の目にグッと力がこもる――

「はい、よろしくお願いします。――兄貴」

……

…………

……………

「…………プッ」

俺たちはいよいよ堪《こら》えきれなくなって、同時に噴き出してしまった。

「おい、途中までイイ感じだったのに、最後に『兄貴』って！」

「だって癖でっ！　『真嶋さん』とか、やっぱ僕には無理だよぉーっ！」

――とまあ、ネタバラシ。

今のは、最近俺たちの中で流行《はや》っている『大女優と敏腕マネージャーごっこ』。

だから、もちろんこのあとテレビやラジオの仕事は入っていない。帰宅するだけだ。

……まあ、イメージトレーニングは大事。かたちから入る感じで。

そうやって、いつかそうなるかもしれない未来を二人で思い描きながら、晶のデビューに向けて準備を進めているところなのだ。

「じゃ、改めて……お疲れ、晶」

晶は満面の笑みで「うん」と頷《うなず》く。

「兄貴もお疲れ」

「どうだった、今日のレッスンは？」

「けっこうしんどかったけど、前よりだいぶ良くなったって褒められたよ」

「そっか、良かったな？」

晶は目を細め、満足そうに「うん」と頷いた。よほど演技レッスンの講師に褒められたのが嬉《うれ》しかったらしい。

レッスンが始まったころは、この世の終わりかというくらいヘコんでいたが、ここのところ褒められることが多くなってきたという。

晶の笑顔を見ながら、俺はもう一度思った。

それにしても、ようやくここまで来たな、と──


じつは、晶のデビューが間近に迫っている。

今日は五月二十一日の土曜日。初仕事は来週の木曜日、二十六日だ。

三月のオーディション合格からここまでの約二ヶ月のあいだ、晶はデビューに向けてみっちりレッスンプログラムをこなしてきた。

一方の俺も、新田《にった》さんやほかの先輩マネージャーさんのあとについて、芸能界のこと、事務的なこと、撮影現場での動き方などをいろいろ勉強させてもらっていた。

気づけば俺は高三、晶も高二になっていた。

この二ヶ月間を思うと、なかなかハードだったように感じる。


「じゃ、帰るか」

「うん！　……で、兄貴。タクシーはどこで待ってもらってるの？」

「は？　あるわけないだろ。徒歩で駅、駅から徒歩。歩き電車歩き！」

「え────……」

不服そうな晶に対し、俺は余裕の笑みを返す。

最近の俺は、晶を必要以上に甘やかさないようにメリハリをつけている。出会ったころより大人になってきたが、晶はまだまだ甘えん坊だから、まあ、多少は……。

「さ、帰るぞー。ほら、歩け歩け」

「ふえぇ～……僕のマネージャーさん、超厳しいよぉ～……」

「厳しさも優しさだ」

「レッスン疲れたよぉ……荷物が重いよぉ……」

そんな求めるような顔で見られてもなぁ……。

「……ほら、荷物は俺が持ってやるから」

「えへへっ、やったぜーっ！」

現金なやつめ。

……まあ、これくらいはあくまで仕事の一環。

けっして甘やかしているわけではないので、あしからず……。

そうして、俺たちが正面出入り口に向かうと、自動ドアから複数人の男女の一団が入ってきた。何人かは知った顔で、彼らはテレビスタッフの関係者たちだ。

俺と晶は会釈《えしゃく》をしたのだが、そこで一人の男性が足を止めた。

「あれ？　君たちは――」

ビシッとスーツを着こなすその眼鏡の男性と、俺と晶は面識があった。

＊　＊　＊

再びエントランス。待合スペースのソファーに三人で腰掛けていた。

「久しぶりですね。真嶋涼太くんに、晶さんでしたね？」

「お久しぶりです、小深山《こみやま》さん」

小深山さんは柔らかな笑みを浮かべた。

小深山さんは、前に演劇部でプールに行った際に出会った、すずかという女の子のお父さんだ。そのあとに一度だけこのフジプロAでも会っている。

「今日は、すずかちゃんは一緒じゃないんですか？」

「ええ。さっき知り合いに預けてきたところです。三十分後にこちらで会議があるので」

「あの、会議ということは……」

「ああ、そうでした──」

小深山さんは立ち上がると、ポケットから名刺入れを出した。その流れで、俺と晶も立ち上がる。

小深山さんは名刺入れから名刺を取り出すと、一枚一枚、丁寧に俺たちに渡した。

が、それを見て、俺たちはギョッとした。

「……テレビ局のプロデューサーさんだったんですか？」

「あははは……たいした仕事じゃありませんが」

……いや、たいした仕事だろう。

テレビ局のプロデューサーといえば、番組制作の花形だ。

コンテンツの企画の立案から、事務所に連絡をして出演交渉をする役割まで担《にな》っている。

だから人脈も広い。

そのため、迂闊《うかつ》に機嫌を損ねてはならない人なのだと、俺は先輩のマネージャーさんから聞かされていた。

「すみません、俺たち、まだ名刺は……」

「いえいえ、どうぞ、座ってください」

座り直すと、小深山さんはニコッと笑みを浮かべた。

「それで、もしかしてお二人はこちらのタレントさんですか？」

「あ、いえ。晶はそうですけど、俺はサブマネージャーで……」

俺が急にぎこちなくなってしまったのは、相手の立場を知ったせいかもしれない。

「ほう、真嶋《まじま》くんがサブマネージャー？　もう高校は卒業したんですか？」

「いえ、まだ高三で……アルバイトです」

「それはすごい。いずれはここの社員さんになりたいんですか？　芸能関係の仕事に就きたいとか？」

「あ、いや……まだそこまでは考えていませんが——」

若干緊張しながらも、そこで俺は晶と顔を合わせた。

「今は将来のことを考えながら、晶を支えていこうと思いまして……」

「……晶さんを支える？」

小深山さんが小首を傾《かし》げると、晶が俺の言葉足らずな部分を補足する。

「兄貴が……じゃなくて、真嶋さんが将来的に僕のマネージャーさんになる予定なんです。僕としては、ずっとマネージャーさんでいてほしいと思ってるんですけど……」

そう小深山さんに説明すると、俺と晶は顔を赤くした。

――こういうの、人に話すのって恥ずかしいな……。

そんなことを思っていたら――

「それは、やめておいたほうがいい」

急に、小深山さんが冷たい口調でそう言った。

「その選択は、どちらにとってもためになりません」

さっきまでの温和な感じとは変わって、小深山さんの表情は強張《こわば》っていた。晶《あきら》がビクッと身体《からだ》を震わせるほどに。

俺も動揺していたが、なんとか笑顔をつくりながら訊《たず》ねた。

「あの……どうしてですか？」

「仕事だからです。仕事に家庭を持ち込まないほうがいい」

そう言うと、小深山さんは眼鏡の真ん中を中指でクイッと持ち上げた。

「特に女優とマネージャーというのは、身内同士だと面倒事も増えます。私が知っているケースだと、年数を重ねるごとに不仲になっていって、仕事以外ではいっさい口をきかなくなった人たちもいます」

「その人たちは……どうしてですか……?」

「家族だと、必要以上に身内の仕事ぶりに口を出すようになるからです。最初のうちは良くても、次第に不満やストレスに変わっていきます。そうして、仕事だけでなくプライベートでも関係が悪化していく……そういうものです」

俺たちは違う——そう言い返したかったが、言葉が喉の奥にひっかかった。

「とにかく、家族同士で支え合うというのは、この仕事には向いていません。仕事とプライベートは分けるべきです。その境界線が曖昧《あいまい》だと、けっきょくは中途半端《ちゅうとはんぱ》に終わってしまいますよ?」

「「…………」」

俺と晶は押し黙った。その様子を見て、さすがに言いすぎたと思ったのか、小深山さんは俺たちに気を使うように、苦笑いを浮かべた。

「……やっぱり、気にしないでください。今のは老婆心から言ったまでです」

「い、いえ……」

小深山さんは腕時計を見た。

「時間ですね。すみません、それでは私はこれで——」

小深山さんは立ち上がって、エレベーターのほうに向かっていった。

その後ろ姿を、俺と晶はそれとなく見つめた。

「兄貴、小深山さんって、なんか……」

「ああ……」

穏やかで優しそうな雰囲気の人だと思っていたが、仕事の話になるとガラリと性格が変わる人のようだ。すずかがいないから余計にそうなのかもしれない。

――仕事とプライベートは分けるべき、か……。

小深山さんから言われた「中途半端」という言葉が、頭の上からのしかかってくるようだった。まるで、俺と晶のこれまでと今の関係をズバリと言い当てられた感じで……。

暗くなった空気を変えようと、俺は晶に笑顔を向けた。

「じゃ、帰りますか、姫野《ひめの》さん？」

冗談っぽく言ってみたが、晶は小さく「うん」と言って俯《うつむ》いた。

＊＊＊

ビルを出て、帰路に就《つ》いた。

歩きながら、今日あったことや失敗したことなどを、俺は冗談交じりに晶に聞かせた。

けれど、晶の表情は暗いままだった。小深山さんに言われたことを気にしているのだろう。

俺はそっとため息を吐《つ》いた。

「あのさ……」

「……え？　なに？」

こちらを向いた晶に、俺は目一杯の笑顔を向けた。

「俺たちなら大丈夫だ！」

「え？」

「なにがあっても大丈夫。だからそんな暗い顔すんな」

これまで俺たちはずっと一緒に過ごしてきて、兄妹《きょうだい》の絆《きずな》を深めてきた。……まあ、少しだけ兄妹の一線を越えそうになったときもあったけれど、互いの距離感を大事にして、関係を深めてきたつもりだ。

人から見たら中途半端でも、一意専心、お互いのことを大事にしてきた。

だから、根拠はないけれど、きっとこの先も大丈夫。

小深山さんの言っていたような未来にはならない。

──絶対にヒヨるなよ、俺。

俺が不安な顔をしたら、きっと晶も不安がる。

だから、目一杯の笑顔を晶に向けておいた。大丈夫だ、大丈夫、俺たちなら大丈夫――

そこに根拠など必要ない。そんな感じで――

するとと晶の表情がパーッと明るくなった。

「だよね！　僕らなら、きっと大丈夫だよね！」

「ああ、その通り！」

互いの不安を振り払うように、俺たちは力強く、笑顔で見つめ合う。

「小深山さんが言ってた感じになんてならないよね⁉」

「ああ！」

「そもそも僕らは兄妹兼恋人だから、普通の兄妹以上の関係だもんね？」

「ああ、そうだ！　俺たちは兄弟兼恋び……」

……ん？

「って、オイ！　兄妹兼恋人ってなんだっ⁉」

どさくさに紛れてなにをしれっと言っているのだろうか、この義妹《いもうと》は。

「あ、そっか。恋人兼兄妹のほうだったね？　ごめんごめん……」

ふむ。

…………………ん？

「……いや、逆さにしても意味一緒だろ、それ？　──おーい、聞いてるか晶？　ルンルンするなー。思い出してニヤニヤするなー。おーい、晶！　おぉ───い──」

──とまあ、こんな感じで。

そもそも恋人になった覚えもないが、晶の願いは一貫して同じ。

あと二ヶ月で出会ってから一年。

最初に告白されてから八ヶ月が経《た》とうとしているのに、一途《いちず》に、俺の気持ちが変わるのを待ってくれている。

正直ありがたいし、嬉《うれ》しい。

それなのに、俺の心はブレーキがかかったままだ。

兄妹だからということもあるが、それだけではないのだと、最近になってわかってきた。

この心のブレーキは、十年前のあのときから、ずっとかかり続けている──

『彼がね、子供は要らないって言うの……──』

でもそれは──けっきょくのところ俺の心の問題にほかならない。

……わかっている。過去に囚《とら》われすぎているのだと。
それなのに、高三の今になって、過去が大きな問いを俺に投げかけてくる。
あの日、あの瞬間から、お前はなにも変わっていないのではないか？
成長したのは身体と頭脳だけではないか？
人としての根っこの部分、
お前の心は、あの日、あの瞬間から……。
これっぽっちも成長できていないのではないか？　と——

# 第1話「じつは義妹とノスタルジックがロマンチックになりまして……」

「──それにしても、スーツ姿が似合ってますねぇ？」

フジプロAのビルを出たあとのこと。駅に向かって歩いている途中で、すっかり機嫌を直した晶が、からかうように言ってきた。

「そうか？」

「うん！　最近違和感がなくなってきた」

「馴染《なじ》んだってことかな？」

「兄貴が大人っぽくなったってことかも。にしししし、カッコいいなぁ！」

……なんだか照れ臭い。

ちなみに、このスーツは親父《おやじ》が一、二度着たものを譲り受けた。裾上げは美由貴《みゆき》さんがやってくれた。

だからというか──俺としては、このスーツにちょっとだけ『両親から』という特別な思い入れがあった。スーツ姿を褒められると、両親まで褒められているみたいな、そんな嬉しいような、こそばゆい気分になったりもする。

「晶《あきら》の今日の服装もなかなかイイ感じだぞ？」

「えへへへ、可愛《かわい》い？」

「ま、まあな……」

可愛いどころの話ではないと先述しておく──

最近の晶は、外出するときの服装とメイクに余念がない。新田《にった》さんに、身だしなみやファッション、立ち居振る舞いなども日頃から勉強するように言われたからだろう。

メイクについては、我が家に美由貴さん《プロ》がいるので、晶が熱心に教わっている姿を目にするようになった。

そんなわけで、もとから綺麗《きれい》なやつだと思っていたのだが、二年生に上がってさらに大人っぽく、綺麗になったのはたしかだ。ただまあ──

「ほらほら～、可愛いって言ってよ～？」

「きょ、強要するな……」

「言わないとちゅーするぞー？」

「そんなことしたら訴えてやるんだからっ……！」

──と、こんな感じで……。

俺に対して無邪気なところだけは、なに一つ変わっていない。というより、自分に自信がついたのか？　輪をかけて俺をからかうようになってきた。

「で、正直なところはどうなの？」

ニヤニヤしやがって……。俺の心境をわかっている上での、このからかいだ。

まあ、可愛いというよりは――

「馬子《まご》にも衣装ってやつだな」

「ひっどぉ！」

――言えるか、綺麗ですなんて……。

「もう、兄貴なんて大っ嫌い！」

「はいはい……」

「なーんて嘘《うそ》！　大好き！」

「ちょっ!?　そういうことデカい声で言うなっ！」

ご自身の立場がわかっていらっしゃらないのだろうか、この義妹兼女優の卵は。

今から将来が不安になってきた。いや、今までもそうだったけれど、余計に……。

俺は説教したい気分を胸の内に押し込んで、「はぁ」と息を吐いた。呆《あき》れて苦笑する。

「……なんか変わったなーと思う」

「具体的にはどの辺が？」

「ま、うまくは言えないけど、前よりずっと大人っぽくなったなぁって……ほかにもいろいろあるけど、まあ……変わったなぁって思う。良い意味で……」

　すると晶は口元に手を当ててクスッと可笑《おか》しそうに笑った。

「ありがと、兄貴。今、言葉以上に伝わってきたものがあったよ」

「え？　言葉以上って……？」

「さっきから兄貴が耳まで真っ赤になってるのはなんで？」

「うっ……」

　なんだか心の内を見透かされている気分だ。……こいつめ。

「でもね、変わらないところもあるよ？」

「なに？」

「兄貴を大好きなところ。愛してるぜ、兄貴♪」

　たぶんそう来るだろうなと身構えていたのに、その言葉は俺の心に強烈に刺さる。

「そ……そういう不用意な発言はダメだぞ？　これから女優になるんだから、周りをもっと気にしないと……」

「あれあれ？　サブマネになってさらに堅くなっちゃったのかなぁ？」

「だから、からかうなよ……。もとから俺はこんな感じだって……」

なんだか気まずくてそっぽを向いた。

——にしても、最近は本当にリアクションに困るなぁ……。

そうこうしているうちに、俺にとっての思い出の場所に差し掛かった。なんとなく思い立って、俺はその土手道を指差した。

「晶、今日はこっちを通ろう」

「へぇ、夕暮れどきの土手なんてロマンチックだねぇ？」

「残念だけど、ノスタルジックのほうだ」

「……どゆこと？」

「ロマンチックじゃないってこと」

コースを変更して、土手道を二人でゆっくり歩いた。

アスファルトで舗装《ほそう》された道は、昔とそんなに変わっていない。川も、その反対側の家々も変わりなく、なんだか懐《なつ》かしい気分になる。

「ここ、昔はよく親父と通った土手なんだ。銭湯の帰り道でさぁ」

「そうなんだ？」

「よくおんぶしてもらったんだ。で、いつの間にか親父の背中で寝てたっけ……」

「なんかいいね、そういう思い出」

「ああ。気づいたら親父のスーツを着られるくらいデカくなったけど――」

『父さんと二人で、父さんの実家に行かないか？　――』

あのとき、「うん」と言わなくて本当に良かったと、今さらながらに思った。

そうでなければ、親父が美由貴さんと出会うことはなかったし、俺もこうして晶と出会うことがなかったから――

『もし親父に好きな人ができたら、ケッコンしてもいいからね？』

『……現れるかな、そんな人？』

『現れるよ、きっと。だって親父、かっこいいもん――』

そんなふうに話したことも思い出した。

案外、俺の勘は正しいのかもしれない。親父は美由貴さんといて幸せそうだし――

「……って、晶さん？　なにしてるのかな……？」

人がノスタルジックな気分に浸っているというのに、うちの義妹《いもうと》ときたら、俺の目の前でかがんで、キランと目を輝かせている。

後ろに伸ばした腕の先、指先をクイクイと動かして「おんぶしてやるから、カモーン！」と言っているようだ。

「お客さん、乗るかい？」

晶が渋い声で言ったので、俺はそれよりも渋い顔をする。

「いや、いい……というか、なんで急に？」

「親父との思い出のおんぶ体験ツアーだよ」

「なんだそのしょっぱい感じのツアー？　参加者ゼロだろ……」

「兄貴ひっどぉ！　親父可哀想《かわいそう》だよ⁉　帰ったら言いつけてやろーっと！」

「うん、どんどん言ってやってくれ」

親父は晶との会話のネタになって喜ぶだろう、たぶん。

「というか、恥ずかしいからいいって……」

「遠慮すんなって。僕だっていつまでも非力じゃないんだからね？　こう見えてレッスンや筋トレしてるし！」

そのレッスンで、晶も相当疲れているだろうに……。

「いや、でもさぁ……」

「いいからいいから～、ほら早く～」

「はぁ……わかった。じゃあ──」

俺はしぶしぶといった感じで晶の首に腕を回した。……照れるな、こういうの。

「じゃあ出発進こ……うきゃあぁっ⁉」

俺を持ち上げたのも束《つか》の間、晶は前のめりにバランスを崩した。

このままではいけないと思い、俺は身体《からだ》を横に倒す。晶は顔からの転倒は避けられただろうが、俺たちはそのまま土手をゴロゴロと転がった。

だいぶ目が回った。

俺はすぐに両手を地面に突いて、晶が無事か確かめたのだが──

「大丈夫か⁉ あき、ら……」

「あ、兄貴……」

──真正面に、驚いた晶の顔があった。

俺が覆いかぶさるかたちで地面に両手を突き、そのあいだに晶の顔がある。

いつだったか、悪ふざけでやった床ドンを思い起こさせた。

「わ、悪い……」

「う、ううん、僕のほうこそです……」

なんだか晶の喋《しゃべ》り方が怪しいが、それはそれとして――

「俺の乗り方が悪かったな」

「いえ、滅相もない……。僕がバランスを崩しちゃったからですねー……」

「あの……怪我《けが》はないか？」

「は、はいぃ……」

晶は頬を赤くして目を逸《そ》らしているが、さっきまでの勢いはどうしたのだろう。

――もしかして、頭を打ったのか？　というか、なんで照れてるんだよ……？

俺もなんだかこの体勢が恥ずかしくなり、すぐに立ち上がろうとした。

が、ネクタイを摑《つか》まれた。

そのまま、ネクタイをグイーッと引っ張られると、俺と晶の顔がさらに近づく。

「な……なにしてんだ⁉」

「このまま、ちゅーしてみない……？」

「ちゅー……はぁっ⁉　なに言って……！」

「れ、練習っ！　ほら、前に家でやってた、フリでやるやつ！」

晶《あきら》は花音祭《かのんさい》の『ロミオとジュリエット』のときのことを言っているのだろうか。しかし、あのときは晶がロミオで、俺がジュリエット。俺がされる側だったはず……。

「なんで急に……？」

「お芝居の練習で……ううん、やっぱ今のは無し……」

だよな？　と、俺はホッとしたのだが──

「好きだから、ちゅーしたい……」

心臓が激しく脈打った。

──さすがにダイレクトすぎるだろっ……！

慌てる俺の目を、晶の潤んだ瞳が真《ま》っ直《す》ぐに見つめてくる。それにしたって、なんて純粋な目をしているんだろうか……。

俺がまごついていると、晶はそっと目蓋《まぶた》を閉じ、口をすぼめる。

リップがのった、柔らかそうな唇がすぐそこにある。

これは……ズルい。誘導されている。

今までの俺だったら、なんとか理性で抑えていただろう。

──でも。

なぜかこのときの俺は、ゆっくりと自分の顔を晶へ近づけていた。

目蓋を閉じ、やがて唇が触れ──

「あーっ！　あの人たち、ちゅーしてるっ！」

──る前に、小さな女の子の声がした。

途端に俺はガバッと起き上がると、晶から距離をとった。

恐る恐るそちらを見ると、通りかかった母娘《おやこ》が、土手の上から見下ろしている。

……いや、母娘ではなかった。

「っ────────⁉」

俺は絶句した。真っ青になって、もう一度よく確かめると──

「……なぁにしてるのかなぁ？」

「あれ？　涼太《りょうた》おにいちゃんと……晶おねえちゃん？」

──なんで、この二人が一緒にいる……？

母親だと思ったら新田《にった》さんで、娘だと思ったら小深山《こみやま》さんの娘のすずかだった。

「な、なななな……──」

──なんで一緒にいるんですか？　の一言が出ないほど俺は狼狽《うろた》えていた。まして、キョトンとしているすずかの横で、ニコニコな笑顔で立っている新田さんが怖い……。

晶は「あちゃー」という顔をしているが、いやいや、「あちゃー」どころじゃないだろう？　これはなかなかにマズい状況なのではなかろうか？

すると、すずかが新田さんを見上げた。

「涼太おにいちゃんと晶おねえちゃん、ちゅーしてたよね？」

未遂だ。ギリギリのところで触れてはいない。

けれど、角度的にはそう映ってしまったのだろうか。

新田さんの反応はというと──

「あれはねー、ちゅーしてないよ？　お芝居だよ」

「オシバイ？」

「そ。ちゅーするフリをしていただけ──」

新田さんは細めた目を薄《う》っすらと開け、ギロッと俺を見た。

「──ねぇ？　晶ちゃんのサブマネージャーの真嶋《まじま》涼太くん？」

俺は内心「ひえっ」となったが、慌てて笑顔をつくった。

「そ、そうです……！　今のはお芝居の練習で、なあ晶？」

「お芝居なんかじゃ――」

「コラッ……！　お、お芝居です……あははは……はは……」

＊　＊　＊

「まったく……しっかりしなさいよね？」

「すみません……」

晶とすずかが川べりで遊んでいるあいだ、土手の上で、俺は新田さんから説教されていた。所属タレントに手を出そうとしたマネージャーはクビにされるのだろうか。

「で、キスしたの？」

「いえ、してません……」

「でも、しようとした？」

「まあ、なんか、そういう流れになって……」

新田さんはやれやれとこめかみのあたりを押さえた。

「あのね……ダメって言ってるわけではないの」

「そりゃそうですよね……えぇっ⁉　いいんですかっ⁉」

「お家《うち》とか見えないところでならね？」

——なかなかとんでもないことを言うな、この人は……。

「いやぁ、でも、そういうことはしませんよ？　義理とはいえ兄妹《きょうだい》ですから……」

「……あなた馬鹿なの？」

「急にひどいなっ⁉　なんですかいきなり⁉」

新田さんは、なにか追いかけっこのようなことをしている晶とすずかを見た。

「あの子はこれから大女優になるの。その前にスキャンダラスな写真を撮られたりしたらマズいでしょ？　しかもこんなオープンな場所で……」

「それは……反省してします……」

「かといって、晶ちゃんには晶ちゃんの気持ちがあるの。大好きな義理のお兄ちゃんと一緒に生活してて、そういう流れになっちゃうのは仕方がないことよ」

「はぁ……？」

新田さんはなにが言いたいのだろうか。

「それで、ここからが本題だけど、なんであの子がほかのタレントさんよりキツいレッスンプログラムに耐えられるか、あんなに綺麗《きれい》になったか、わかるわよね？」

「なんでって、それは……──あ……」

新田さんが言いたいことに気づいたが、さすがに自分からは口に出せなかった。

再び新田さんは、俺のほうを見る。

「あの子にとっては、あなたがキーマンだっていつも言ってるでしょ？」

「はい……」

「今回の件は、晶ちゃんからでしょ？」

「まあ、はい……」

「なら、たまにでいいからあの子の気持ちに寄り添ってあげなさい」

俺が「え？」という顔をすると、新田さんはクスッと笑ってみせた。

「きちんと頑張ったご褒美《ほうび》をあげなさいってこと。今の中途半端《ちゅうとはんぱ》な関係じゃダメ。あの子は大好きなあなたに認められたくて頑張っているわけなんだから」

言わんとしていることはわからなくもないが──こっちだって、ギリギリ保ってきた境界線がある。……まあ、さっきのは、完全に流されそうになったが。

「でも、それって晶の気持ちを利用していることになりませんか？　俺のことが好きなら頑張れって感じで……」

すると新田さんは、大げさなほど大きくため息を吐《つ》いた。

「あなた、やっぱり馬鹿ね……」

「またまたひどいな……」

「利用っていうのは目的があってこそなの。その目的が仕事じゃなくて、あの子への本当の気持ちなら問題ないわ」

「晶への、本当の気持ち……？」

「要するに、あなたがあの子のことを好きなら相思相愛でノープロブレムじゃない？　相手を利用してやろうって気持ちがなければいいのよ」

「…………」

――俺の、本当の気持ちか……。

「私に大見得《おおみえ》を切ったんだから、あの子を丸ごと受け止める気概を持ちなさい。大事にされすぎたら、かえって女は辛《つら》いものよ？」

「はぁ……？　そういうものですか？」

「そういうものよ」

そういうものらしい。というか俺は、上司からなんのアドバイスを受けているのだろうか……。まあ、それはそれとして――

「そうだ。どうして新田さんがすずかちゃんと一緒にいるんですか？　さっき小深山さんと会ったんですが、知り合いに預けてきたって聞いたんですが……」

「ああ、うん……」

一瞬だけ、新田さんはバツの悪そうな顔をした。

「そういえば、あなたたち兄妹は小深山さんとも知り合いだったわね？」

「まあ、ちょっとだけ――」

俺はこれまでの経緯を話した。

「――と、そういう感じです。さっき名刺をもらったんですが、テレビ局のプロデューサーさんだって知って驚きました」

「そうね……」

夕日のせいか、新田さんの笑顔が少しだけ寂しく見えた。

「まあ、同じ業界だし、小深山さんとは昔からの仕事仲間なの。たまにすずかちゃんを預かることもあってね。それで、今日はうちで会議があるからって、ちょっとだけすずかちゃんを預かっているのよ」

「そうだったんですね？」

「彼、あれで子煩悩《こぼんのう》なのよ。仕事とプライベートは分けたいタイプだけど」

「それ、さっき言われました。晶のサブマネはやめておいたほうがいいって、苦言を呈《てい》されましたよ……」

「彼ならそう言うでしょうね」

新田さんは苦笑した。

「それだけ今の仕事に真剣に向き合っているし、厳しいし、絶対に家庭に仕事を持ち込みたくない人なの」

「すずかちゃんや奥さんのことが大事なんですね？」

「ええ。ただ、そういう完璧主義者だけど昔からの甘さは抜けないのよね……。だからすごく葛藤もするし、悩んでいた時期もあった」

「そうだったんですね……」

「もしかすると、自分の抱えている葛藤や悩みを、あなたたち兄妹に抱えてほしくないから、そういうふうに言ったのかもしれないわね。彼は子供が好きだし、彼からしたらあなたたちもまだまだ子供だから」

さっきの小深山さんは怖い人だと思ったが、悪い人ではないと思っていた。むしろとても真面目で優しい人なのだろう。

「なんか、スッキリしました。だからすずかちゃんが新田さんに懐《なつ》いていたんですね」

「まあ、すずかちゃんから見たら、私はパパのお友達って感じかな。たまに一緒に遊んでくれるオバさんなのかも」

「オバさんって……さっきは本当の母娘《おやこ》かと思いましたよ」

「あら、そう？」

「さすがですね」

「なんのヨイショよ、それ？」

俺から見た新田さんは怖い人だから、子供から懐かれないのでは……とは言えず、

「子役部門にいるだけに、子供慣れしているなぁって思って、それだけです……」

と、言っておいた。……うまく誤魔化せたかな？

「それはそうよ。それに、私にも子供がいるもの。母親の経験が生きているのかもね？」

なるほど、だからか…………へ？

「新田さん、お子さんがいるんですかっ⁉」

「なぁに、その反応？　いないと思ってたの？」

「いや、だって……職場だとそういうのいっさい見せないし……」

ついでに言うと、左手の薬指に指輪もないから、てっきり未婚だと思っていた。

「私も小深山さんと同じで、仕事とプライベートは完全に分けるタイプなの」

「そうだったんですね、意外でした……。ちなみに何人ですか？」

「一人。今年、高校一年生の男の子」

「えぇっ⁉　そんなに大きなお子さんがいたんですか⁉」

「そうよ。有栖山《ありすやま》学院に通ってるわ」

「しかも偏差値高っ⁉」

上司の意外な事実を知って驚きの連続だった。

「そうそう、これは息子にいつも言っていることなんだけど――」

新田《にった》さんは試すような顔をした。

「二つの道があって、どちらかに行かなければならないなら、あなたならどうする？」

急な質問に若干戸惑ったが、俺の答えは決まっている。

「より後悔しない道を選びます」

「うーん……それも答えの一つだけど、息子には違う提案をしているわ」

「なんて言ってるんですか？」

するとにった新田さんはクスッと笑った。

「両方行きなさい」

……はい？

「それ、不可能なんじゃ……？」

「ふふっ、うちの息子も同じ顔をしてたわ。たとえ話よ、たとえ話。どうしても二つ欲しいものがあって、選ばなければならなかったら、両取りしなさいってこと。それくらいの気概を持ちなさいってね」

「はぁ……？」

「うちの息子、特別な才能を持っているのに、自分に自信のない子だからね～……」

――特別な才能か……。

才能があっても、そんなことできるのだろうか。少なくとも、凡人の俺には新田さんが言っていることは難しい気もする。

特別な才能のあるやつといえば、と晶《あきら》のほうを見た。晶はすずかを背中におぶって、楽しそうに歩いている。こうして見るとまるで本当の姉妹のようだ。

「だからあなたも、複雑に物事を考えないで、両取りしてみたら？」

「……なにと、なにをです？」

「もちろん、女優の姫野《ひめの》晶と、義理の妹の晶ちゃんと、女の子としての晶ちゃん」

「あの……三つじゃないですか、それ？　両取りって言ってませんでした？」

新田さんは「まあね」と可笑《おか》しそうに笑った。

「目指す方向、ゴールが一緒なら、道と道をうまく行き来することもできるんじゃない？」

「……俺はそんな器用な人間じゃないですよ。一つの道しか選べませんって……」

すると新田さんに「堅いわね」と苦笑された。

「若いのに最初っから諦めてどうするの？　もう少し柔軟に考えてみなさい」

そう言って、新田さんはゆっくりと土手を下りていった。

そのあと新田さんはすずかの手を引いて、フジプロAビルのほうへと戻っていった。去り際、すずかが俺たちに大きく手を振ったので、俺たちも振り返し、再び帰路に就く。

「兄貴、なんか話し込んでたね？」

「まあ、年上からのアドバイスってやつかな……」

すると晶は悪戯《いたずら》っぽく笑ってみせた。

「それって、僕をもっともーっと大事にしなさいってこと？」

「まあ、まとめるとそういうことだ」

「えっ⁉　マジ⁉」

「マジもマジ。──さ、俺たちも帰るぞー」

「ちょっ⁉　兄貴っ！　詳しく教えてっ！　兄貴ってば────っ！」

夕暮れどきの土手を歩きながら、先ほどの新田さんの言葉を思い出す。

女優の姫野晶と、義理の妹の晶と、女の子としての晶──両取り、いや総取りしろと？

いやいや、なにをおっしゃいますのやら。一人だけでも可愛《かわい》くて大変なのに……。

でも、けっきょくは一人の人間か。

女優の卵で、俺の義理の妹で、女の子の、晶……。

全部ひっくるめて……あとは俺の気持ち次第と言いたかったのだろうか。

「兄貴、ちょっとタンマ……！」

「どうした？」

「さっきすずかちゃんと走り回って、おんぶして……脚、限界きちゃってる……」

晶は生まれたての子鹿のように、プルプルと脚を震わせている。

「……わかった。ほら、おぶってやるから──」

「えへへへっ♪　やったぜーっ！」

俺は晶をおんぶした。男女というより、兄と妹といった感じで。

今はまだこれくらいの距離感がちょうどいいのかもしれないな──

「ねえ兄貴」

「なんだ?」

「さっきの続き……お家でしよ?」

「しっ……しませんっ!」

——しかし、このままいくと、本当にいつかこいつに距離感をバグらせられる。その前に、俺自身がもっとちゃんとしないと——と、頭の中じゃわかってるんだけどなぁ……。

——中途半端《ちゅうとはんぱ》。

大人たちの目から見ると、俺たちの関係はそう見えてしまうのだろうか? 仕事とプライベートは分けるべきか? それとも、両立はできるのか……——

晶をおぶって帰る道すがら、俺は漠然とそんなことを考えていた。

——そんな俺と晶の関係を大きく左右する出来事が起きたのは、このすぐあとのこと。

五月の終わり、修学旅行中のことだった——

# 5 MAY

5月21日（土）

今日はとっても惜しかった！

レッスンの帰り道、土手でハプニングがあったんだけど、あとちょっとで兄貴とちゅーできそうだったのに――！

でも、見つかった相手がすずかちゃんだし仕方がないよね……。


なにがあったかというと、土手で僕が兄貴をおんぶしようとしてバランスを崩しちゃって、そのまま土手をゴロゴロ転がっちゃった。

そしたら、兄貴が私に覆いかぶさってて、なんか……なんか気分が盛り上がってしまった！

ちゅーしたいって言ったら、兄貴もまんざらじゃなく、「え？ え？ え？ マジ!?」ってなった！

でも、途中ですずかちゃんと新田さんに見つかっちゃった……。

あのままいけば、ゼッタイ兄貴からちゅーしてもらえたよね？

惜しいけど、まあしかたない。てことで、ネクストチャレンジ！

次こそは兄貴にちゅーしてもらうぞー！


そうそう、久しぶりにすずかちゃんに会った！ まだ私があげたヘアピンを使ってくれてたから嬉しい！ 再会のおまじない的な？ あれをつけてたらまた会えるって思ってたら、やっぱり会えた！

小学校一年生になったんだって。あいかわらず素直でカワイかったなぁ、すずかちゃん。


そうそう、すずかちゃんで思い出したけど、小深山さんにも会った。

キビシいことを言われちゃったけど、そうだよなぁってちょっとだけ納得する部分もあって、いろいろ考えちゃった……。仕事とプライベートは分けるべき、かぁ……。

私からすると、分けるまでもなくて、全部一つの道なのになぁ……。

自覚が足りないって反省してたら、兄貴が言ってくれたんだ。

俺たちなら大丈夫だって！

そうだよね！ だから私は、兄貴を信じて進むよ！ あとちゅーして！

# 第2話「じつは義妹を置いて修学旅行に行くことになりまして……」

「修学旅行まであと二日だねー」

机を挟んで真正面、俺の前の席に座る星野《ほしの》が楽しそうに言った。

今は昼休み。四つの机を合わせて、俺こと真嶋涼太《まじまりょうた》、上田光惺《うえだこうせい》、月森結菜《つきもりゆいな》、星野千夏《ちか》の四人で昼食をとっている。

三年に上がってもこの四人は運良く同じクラスだった。

新クラスになって二週間もしないうちに席替えがあり、この四人で固まった。

というのも、修学旅行ではグループ別行動がある。そのための席替えで、俺たちだけでなく、周りもすでにグループごとに分かれていたのだった。

ちなみに俺の前が光惺、光惺の右隣が星野。そして俺の右隣は結菜だ。

「光惺くんも楽しみ？」

「まあな。京都、大阪は久しぶりだし、奈良は初めてだ」

「へぇ、前はいつ京都と大阪に行ったのー？　──」

と、前の席の二人はよく喋《しゃべ》っている。

一方の俺と結菜は、喋らないことはないが、基本的には星野がなにか話題を振ってから話すパターンが多い。

結菜に友達認定をしてもらえている俺としては、二年のときにいろいろお世話になった彼女と同じグループで正直嬉《うれ》しいと思っていた。

とはいえ――

「はぁー……」

「ん？　どうした？」

「……ううん、なんでもない」

――なんだか最近、結菜の元気がない。

調子が悪いのか、月森家でまたなにかあったのか直接本人に訊《き》いてみたのだが、特にこれといった原因は思い当たらないとのことだ。

結菜の弟の夏樹《なつき》にこっそりＬＩＭＥしてみても、夏樹もさっぱりといった感じで、俺たちもそれとなく心配していた。

もちろん星野も結菜のことを心配しているらしく、

「結菜はもう行く準備できた？　私、まだなに着て行こうか迷っててさぁ～！」

と、わざと明るく言って和ませようとしていた。

——少し補足する。

結城《ゆうき》学園の修学旅行は、一日目の京都と三日目の奈良は制服なのだが、二日目の大阪は私服で行動することになっている。

星野が迷っていると言っているのは、二日目の大阪で着る服。いわゆる『修学旅行コーデ』というものだ。

せっかくの修学旅行だし、写真に残るし——といった感じで、なにを着ていくか相談する女子たちの声を、最近教室内でちょくちょく耳にすることもあった。

俺と光惺は……まあ、その辺はいつも通り適当だ。

「光惺は旅行の支度終わったか？」

「俺は明日実家に帰ってから。お前は？」

「俺もまだ。いちおう必要なものは週末に買っといたけど」

そんな話をしながら、それとなく星野と結菜の様子を窺《うかが》う。

星野は明るく話しかけているが、やはり結菜はどこか元気がない。星野はいよいよ困ったぞという顔をして、俺と光惺に目線を送ってきた。

俺が首を捻《ひね》ると、光惺がやれやれと怠《だる》そうに口を開く。

「つーか千夏、なに着るか決まってないなら、月森に選んでもらえば？」

「あ！　光惺くん、それナイスアイディア！　――結菜、今日の帰りにちょっとだけうちに寄ってよー？」

気を使われているとわかっているのか、わかっていないのか、結菜は小さく「うん」と返して、また小さくため息を吐《つ》いた。

＊　＊　＊

その日の放課後、俺は久しぶりに演劇部の部室に向かっていた。

最後に行ったのはゴールデンウィーク前だから、約三週間ぶり。しばらく顔を出していなかったのできまりが悪いが、晶とひなたが行くというので、ついでに俺も二人についていて行くことにしたのだ。

「お待たせ、二人とも」

「あー、来た来た。兄貴、お疲れー」

「涼太先輩、お疲れ様です」

途中、晶たちと合流して三人で部室へ向かう。

「今度お兄ちゃんのお芝居を見に行くことになったんだー」

「へ～、いいなぁー」

「復帰後の初舞台だし、失敗しないか心配」

「大丈夫だって。光惺先輩なら問題ないよ」

相変わらず二人は仲が良い。

美少女二人のやりとりを後ろから見ていると、なんだかほっこりとする。

ちなみに晶《あきら》とひなたは今年も同じクラスだった。今年は伊藤《いとう》と西……『名前を呼んではいけないあの西山《にしやま》』とも一緒らしい。

「ひなたちゃんはどれくらいぶりに顔を出すの？」

「一週間ぶりです。最近はレッスンが忙しくてなかなか行けなくて」

「大変だって話は新田《にった》さんから聞いてるよ」

大変というのは、けっして悪い意味ではない。

ひなたの場合は、役者寄りのマルチタレントのほうが向いているだろうという事務所の方針で、最近は演技だけでなくいろいろなレッスンを受けている。

そういう意味で、学ぶことが多くて大変だと思うのだが、

「でも、今すっごく楽しいですから♪」

と、ひなたはニッコリと笑ってみせる。

忙しくても楽しいとのことで、充実した毎日を送っているのだろう。

「それに、お兄ちゃんがいろいろ教えてくれるので助かってます」

「そっか。光惺がいるなら心配ないね？」

「はい！　ですから、デビューに向けて頑張ります！」

元天才子役、現舞台役者の知識と経験は非常に大きい。晶もたまに光惺に教えを乞うているが、なかなか的確なアドバイスをしてくれるらしい。

俺は今のところ自分のことで手一杯だ。いちおう回り回って晶のためでもあるが、レッスンの送迎以外にできることがあまりない。

──俺も光惺みたいに、なにか晶にできることがあればいいんだけど……。

話しながら歩いているうちに、部室に到着した。扉を開けるなり、

「あ！　晶ちゃん、ひなたちゃん！　待ってたよぉ～！」

普段の三・五倍ほどハイトーンボイスな西山が、キラキラとした笑顔で寄ってきた。もはや人間の出せる音域を超えていそうな声で、俺は背筋に薄ら寒いものを感じた。そのうちコウモリみたいに超音波を出すのではないだろうか。

そんなコウモリ西山は俺のほうを向くなり、

「……あ、真嶋先輩もいたんスね？　どもッス……」

低い声で、ペッと唾を吐くような表情を浮かべた。……なんでだよ？

「なんで俺だけそんなリアクションなんだよ？」

「べっつにぃ～？　ぜんぜん私に会いに来ないから寂しくて怒ってるとか、そういうわけじゃありませんのでっ！　フン！」

「あ、そう……」

……面倒だ。

すごくすご――く面倒だ。

なにも怒らせるようなことは言ったりやったりしていないのに、この面倒なリアクションには付き合いきれない。

いったん西山を無視して部室を見回してみた。

二年の部員のほかに、一年の新入部員たちもすでに集まっていた。

――雰囲気変わったなぁ……。

新入部員の数は、なんと十人。西山たち二年と、今日は三年の俺もいるので、二十人弱の人間が集まっていた。活気もあるし、部室が前よりも狭く感じる。

ただ、俺以外全員女子というのはいかがなものか。男一人では居づらい空気もある。そういう事情もあって、晶がいないと、俺は部室に顔を出しづらかった。

「ほんと、部員増えたよな？」

「フフン、まあ演劇部部長であるこの、わ、た、し、がいるからですかねぇ？」

「いや、違うだろ……あれ見ろ――」

晶とひなたの周りに一年生の子たちが集まっていた。

一年生に話しかけられて、ひなたはニコニコと笑顔で対応し、一方の晶も笑顔を絶やさず、じっと後輩たちの声に耳を傾けている。

「ま、演劇部《うち》に大手芸能事務所に所属している部員が二人もいるんだ。そりゃ興味持って入りたいって思うやつもいるだろ」

「そうですねぇ……晶ちゃんとひなたちゃん、一年生から慕われてますし……あと、私とか、私とか、私なんかもいますしね？」

ふむ。

ついに、一人で三人分うるさいことに気づいたようだな。……ってことで、無視！

それにしても、晶とひなたがなんだか先輩らしく見える。後輩たちから憧れの眼差《まなざ》しで見られているのを、俺はなんだか自分ごとのように嬉しく思った。

「……真嶋先輩、シスコンの顔になってますよ？」

「なってねぇよ！　つーか西山、お前は相変わらず一言余計だな……」

俺が呆《あき》れながら言うと、西山がようやく笑顔を見せてくれた。

西山も……まあ、大人っぽくなったというか、なんというか……。

「……で、どうなんだ、最近の演劇部は？」

「みんな楽しくやってますよ。部員が増えたし、できることも増えたので」

「良かったじゃないか？」

「はい。……ただまあ、男手は必要ですけどね？」

「すまんな、最近忙しくて。仕事がない日もやることが多くてさ……」

するとと西山はニヤリと笑った。

「ぜーんぶ晶ちゃんのためじゃないですか？　相変わらず晶ちゃん一筋ですねー？」

「ちげーわ……」

……と言いつつ、違うわけではないが、たぶん西山の思っているのとは違う。

「そうだ、伊藤さんは？」

「天音《あまね》なら生徒会です」

「そっか。忙しそうだもんな、伊藤さん……」

伊藤は五月中旬に行われた生徒会選挙で書記に立候補し、当選した。

現在は演劇部とかけ持ちで生徒会の仕事をこなしているが、うちの生徒会は活発に活動をしているため、かけ持ちはなかなかハードだったりもする。

それでも、伊藤は時間を見つけては部室に顔を出しているらしい。

なんだか律儀《りちぎ》な伊藤らしい。俺も見習わないとな、と思う。

「伊藤さんがいなくて大変だな？」

「そうですよ。だから男手が足りないって言ってるじゃないですか？」

「男手って……伊藤さんはお前より可愛《かわい》い女の子だぞ？」

「ひどくない⁉　わざわざ比較するのひどくない⁉　私だって美少女なのにひどくない⁉」

「自分で自分のこと美少女って言うな……」

俺はやれやれと呆れながら言ったが、そのときふと思った。

「……お前、最近誰からもイジられてなくて、本当は寂しいんだろ？」

「はぁ？　そんなわけないじゃないですか！」

「いや、なんか今日は特にウザい絡《から》みをしてくるからさ」

「私はぜんぜんそんなんじゃ……──あ……」

西山はそこでなにかに気づいた顔をした。

すると突然、もじもじ、グイグイと俺のほうに寄ってきて──

「真嶋《まじま》せんぱぁい……私、すごくすご──く寂しかったんですよぉ？　ピエン……」

「うっ……⁉」

かわい……いや、ウザい。なんだピエンって？

しかも演技力が上がってないか、こいつ……。

「てことでぇ、構って構って～」

「知らん！　一人でなんとかしろっ！」

「ひどぉっ！　やっぱ真嶋先輩なんて大っ嫌いです――っ！」

そう言って、西山はプンスカしながら晶たちのところに交ざっていった。

しかし……なんでだろう？

西山にウザ絡みされて安心している俺がいる……なぜ？

＊　＊　＊

部活が始まると、俺は部室の隅っこで台本のホチキス留めをしながら、静かに稽古の様子を眺めていた。

今は立ち稽古中で、部室内に良い緊張感が漂っている。

晶とひなたは抜群に上手《うま》い。

二人に負けじと、西山の演技にも熱がこもる。

高村《たかむら》、早坂《はやさか》、南《みなみ》の二年生三人組も真剣そのものだ。

そんな先輩たちの芝居を真剣な眼差しで見つめる後輩たち。彼女たちは、いつか先輩たちみたいになりたいと思って見ているのだろうか。

「――ふぅ～……じゃあみんな、いったん休憩！」

西山が言うと、それまでの緊張感が一気に弛緩《しかん》した。

晶とひなた、西山の三人が俺のところに寄ってくる。

「お疲れ様。かなりイイ感じだったよ」

俺がにこやかに言うと、反して、晶とひなたは難しい顔をした。

「んー、まだまだですねぇー……」

「だよねー……もうちょっと抑え気味が良かったかなぁ……」

素人目《しろうとめ》にはかなり良い感じに見えたが、この二人はけっこうストイックだ。プロとしての自覚というやつが芽生えてきたのだろう。

西山は褒めてほしいのか「私は私は⁉」と感想を求めてくる。西山を褒めるのは正直苦手だ。理由は自分でもよくはわからないが――

「……良かったと思う」

「チッ……前みたいに『最高に可愛かったよー、好きだぜ』とか言ってくださいよー？」

「言わねぇからっ！　一回も言ったことねぇからっ！」

――わかった、ムカつくからだ。

そんな俺と西山《にしやま》のやりとりを見て、晶《あきら》とひなたが可笑《おか》しそうに笑う。

まあ、西山も……演技力は部内でも抜きん出ていることはたしかだ。……今のは事実を言っただけで褒めてはいない。

「そーだ。今週修学旅行でしたよね？」

「ん？　まあな」

「じゃ、部員のみんなにお土産よろしくでーす」

「あ、はい……」

「もちろん私には特別になにかありますよね？　ね？」

「ないよ……みんなと一緒だよ……」

西山はプクッと頬を膨らませる。……はい、可愛い可愛い。

そのとき、何人かの一年生が、ムズムズとしながらこちらの様子を窺《うかが》っているのが見えた。彼女たちの気持ちを察して、俺は晶とひなたに微笑を向ける。

「ほら、後輩たちが待ってるぞ？」

晶とひなたは後輩たちのほうへ行った。やはり後輩たちはいろいろ話したかったらしく、ニコニコと晶とひなたに寄っていった。

一人だけお団子ヘアの子がその場に残っていて、俺のところに寄ってきた。

「君は晶たちと話をしないの？」

「私は、あの……真嶋先輩のホチキス留め、手伝わせてください！」

だいぶ緊張した表情で、声を上擦《うわず》らせながら言う彼女。なんだか微笑《ほほえ》ましい。

「ありがとう。じゃあ隣に座って」

「は……はい！」


──そのあと二人でホチキス留めをしながら、いろいろ話をした。

そのとき、少しだけ照れ臭いことと、嬉《うれ》しいことがあった。

彼女が演劇部に入部を決めた理由なのだが、去年、当時彼女が中三だったときに、俺と晶がやった『ロミオとジュリエット』がきっかけだったらしい。

そうして、結城《ゆうき》学園に入学したのち演劇部に入部。

それからしばらくして、西山たち二年生から、あのときの舞台裏でのてんやわんやを聞いた──と、彼女は目をキラキラと輝かせて話していた。

そうして、俺のことをすごい人で、尊敬していると言ってくれた。

俺は苦笑で返しておいたが、あのとき公演を諦めなくて、本当に良かったと思った。

するとそこに西山がやってきて、俺を訝《いぶか》しむような目で見てきた。

「……なんだよ？」

「いやぁ、なんかニヤニヤしてたんで」

「してねぇよ……フツーに嬉しいことがあったの……」

すると西山は俺の耳元でコソッと言う。

「……晶ちゃんや私だけでは飽き足らず、後輩ちゃんにまで手を出すおつもりですか？」

「……いつ俺がお前と晶に手を出した？」

「もおぉ～、忘れちゃったんですか？　温泉やプールでの一件……」

「意味ありげに言うな……。お前とはなにもないだろ？」

「あ、じゃあ晶ちゃんとはなにかあったんですね……むふっ♡」

「っ――――……!?」

　こいつぅ～～～～～～……――

「ですよねぇ、真嶋先輩は晶ちゃん一択……って、急になんですか!?　そ、そんなにグイ

グイ迫られると……やん♡　女の子を壁際《かべぎわ》に……へ？　私の口を塞ぎたい⁉　つまりそれってまさか……ちょっと先輩、強引すぎ♡　あの、それでいっこ質問なんですけど……それ、ホチキスですよね？　キ……キスならいいんですけどホチキスはちょっと～……先輩っ⁉　え、おい、マジかっ⁉　晶ちゃん助けてっ！　晶ちゃ――――――ん！　演劇部全員集合ぉおおおお――――――っ！」

＊＊＊

部活が終わったあと、俺と晶とひなたの三人で帰っていた。この時間に三人で帰るのは久しぶりだ。

「演劇部いい雰囲気だったね？」

「晶、すっかり人気者だったね？」

「僕というよりひなたちゃんのほうだよ」

そんなやりとりを聞きながら「そういえば」と思い出した。

「ひなたちゃん、KNHのバラエティ番組に出演が決まったんだよね？」

「はい、七月からです」

「おめでとう、ひなたちゃん。ついにデビューだね？」

「ありがとうございます、涼太《りょうた》先輩。私、頑張りますね」

ひなたは嬉しそうに笑みを浮かべた。

「僕も頑張らないとー」

と、晶もやる気を漲《みなぎ》らせる。

「晶も今週CM撮影があるんだよね？」

「うん。でも、僕の場合は柑奈《かんな》さんの友達役で、セリフはないけどね？」

とはいえ、晶にとってビッグチャンスであることはたしかだ。

なんと、映画にドラマにCMにと引っ張りダコの事務所の大先輩である松本《まつもと》柑奈さんと一緒にCMに出演することが決まったのだ。

柑奈さんがメインで、その友人役二人のうちの一人をやる。

しかもそのCMというのが、大阪を代表するテーマパーク『アニバーサル・スタジオ・カノン』（通称「アニバ」「ASK」といえば、日本三大テーマパークとして知らない人はいない）のCMだったりする。

たしかにメインではないし、セリフはないが、そんな全国区のCMに起用してもらえたことは、晶にとってまたとないチャンスだった。

ただ――

「涼太先輩も晶のサブマネ初仕事ですね！」

「いや、じつはそうでもないんだ……」

「え？　どうしてですか？」

「スケジュール……俺、ちょうどその日は修学旅行の二日目なんだ」

「え？　あ……そっか！」

俺が苦笑いを浮かべると、ひなたが残念そうな顔をする。

「ただまあ、その日は俺たちもアニバに行くし、晶が撮影しているところは遠目で見られるかな？」

運良く修学旅行日程と撮影日が被《かぶ》っている。

サブマネとしてそばにいられないのは残念だが、当日は新田《にった》さんがいるし、任せても大丈夫だという安心感はあった。

「新田さんもいるし、顔出しくらいはしておこうかなぁと」

「もー……兄貴は妹離れできてないんだからぁ～……」

――とか言いつつ、ニヤニヤしてるのはどういうことだ？

「僕が心配で修学旅行の日程を合わせてきたんだよね？」

「できるかそんなことっ！」

学校行事を動かすほどの力が俺ごときにあるはずがないだろう。

「たまたまだよ、偶然、たまたま……」

呆《あき》れながら俺が言うと、ひなたがクスッと笑った。

「なんだかお二人は、深い縁で結ばれているみたいですね？」

「『縁……？』」

咄嗟《とっさ》に思い浮かんだのは「良縁」とか「内縁」とか、そういう言葉。俺と晶は真っ赤になって見合ったが、ひなたはどういう意味で言ったのだろう。

「私とお兄ちゃんも、それくらい固い絆《きずな》で結ばれてたらなぁ……」

──あ、なんだ、そっちね。

「僕、運命的なほうかと思っちゃった……」

──それは……どっちの意味だ？

ひなたはクスクスと可笑しそうに笑った。

「たしかに、涼太先輩の修学旅行の日程と、晶の撮影日がたまたま一緒なんて、なかなか運命的かも。──たぶん晶は『持ってる』人なんだよ」

俺と晶は首を傾《かし》げ、俺が先に口を開く。

「持ってるって、なにを？」

ひなたは「強運です」と言った。

「もう解散しちゃったアイドルグループの話なんですが、屋外コンサートを予定していたんです。でも、台風が接近してしまったそうで」

「普通なら中止だよね？」

「はい。ところが、予報だと直撃だったのに、いざ中止の判断をしようとしたら急に台風が進路を変えて、コンサートは無事にできたそうです。——有名な芸能人って、そういうものすごい強運の持ち主なんだって、お兄ちゃんが言ってました」

へぇ、と俺と晶は驚きながら聞いていた。

たしかに、この業界には「運」や「ツキ」は必要だと思う。

そんなことを、新田さんからも最初に教わった。才能を持った人たちに運を引き寄せることができるのはマネージャーなのだと、そう自分を信じなさいと。

「晶、前に涼太先輩と一緒に修学旅行に行きたいなって話してたよね？」

「うん」

「だからだよ、きっと。神様が見てくれているのかもね？」

ひなたはそう言ってニッコリと笑った。

俺は占いなど信じないし、そこまで信心深いほうでもない。けれど、ひなたの言うことだけは、なぜかすっと受け入れていた。

「縁、か……」

「どうしたの、兄貴？」

「……ん？　いや、なんでもない」

なんだか頭の片隅で、遠い日の記憶がチラッと顔を見せた気がした。

＊　＊　＊

結城《ゆうき》学園前駅でひなたと別れたあと、俺と晶《あきら》は電車に乗って、いつものように並んで座った。

「ねえ、兄貴」

「なんだ？」

「二泊三日、僕と離れて寂しくないかい？」

──なんだ、その問いかけは？

「まあな」

「ほっほーう。まさか兄貴からそんな返しがくるなんてねー？」

「そりゃそうだろ。あと二ヶ月で一年だぞ、一緒に暮らし始めて」

「むふふ、毎朝お布団《ふとん》に潜り込んできた成果が出てきたかー……」

「いや、そこじゃないだろ……」

え？　今日は晶が布団にいないのか？　……とはならない。

「じゃあ、お休みなさいの前のキス？」

「いや、そこでもない……え⁉　そんなことしてないぞっ⁉」

顔を赤くした俺を見て、晶はにしししと笑う。

──まったく……。

俺も呆れて笑ってしまった。

この十ヶ月間、ほとんど晶と一緒に過ごしてきた。

離れて二泊三日というのは初めてのこと。自意識過剰かもしれないが、俺が寂しいというより、晶のほうが寂しがらないか、ちょっとだけ心配だったりもする。

ただまあ、そんなことを言うと晶が調子に乗ってしまうだろう。

「修学旅行に行ったらお前のサポートができないからな。ちゃんとサボらずにやってるかなって若干心配なんだ」

と、俺は冗談混じりに言っておいた。

「さすがにサボらないよー。だってお仕事だもん」

「そうか？　ならいいんだけど」

「それはそうとさぁ、さっきのひなたちゃんの話」

俺が「ん？」となって耳を傾けようとすると、晶が俺の腕を抱き抱えるようにした。

「強運の持ち主は、兄貴だなって思って」

「俺？　俺じゃなくて晶だろ？」

「ううん……僕は兄貴の強運に乗っかってるだけ。山で遭難したときも、兄貴がいなかったら僕は――」

「まだ気にしてたのか……アホ」

と、俺は晶の鼻をつまんだ。

「ん、んんーっ⁉　……って、いきなりなにするのさっ！」

「いつまで気にしてんだ？　気にするなって言っただろ？」

俺はそう言って微笑を向ける。

「晶のおかげで、俺はいろんな人との縁ができた。引き寄せたのはお前……乗っかってるのは俺のほうなんだよ」

「兄貴……」

晶は照れ臭そうに目を伏せて、そのまま俺の肩に頭を預ける。

「僕の強運は、兄貴と出会えたことだよ」

「そうか？」

するとは晶はギュッと俺の腕を抱きしめた。

「だからね……正直に言うと、兄貴と離れて寂しいのは、僕なのです……」

俺は、正直に言うなよ、と思った。

「そうだ、義妹《いもうと》を連れて行こう！　兄貴、これどう!?」

「そうだ、京都に行こう、みたいなノリで言うな……」

「でもほら、ハンカチとティッシュは持った？　的なノリで、義妹とか」

「ん？　ん――…………ないなっ！」

たしか、修学旅行のしおりの持ち物に「義妹」はなかったはずだ、たしか……。

そのとき俺の頭の中で、ここ二、三日の出来事が繋《つな》がっていき、閃《ひらめ》きにも似た発想が思い浮かんだ。

『なんだかお二人は、深い縁で結ばれているみたいですね？』

もしひなたの言う通りなら、俺は「なにか」に試されているのではないか。

偶然にも、晶の初仕事と、俺の修学旅行が被った。

すなわち、仕事とプライベートを、小深山《こみやま》さんの言う通りに分けるのか。それとも、新田さんの言う通りに両取りできるのか、俺は今試されているのではないか、と――

「な、なんだよ兄貴ぃ……？　僕のことじっと見つめて……そんなに見つめられたら恥ずかしいよぉ……」

「晶っ！」

「ふぁい!?」

「……………いや、やっぱなんでもない」

「なんだよぉー！　ドキドキ損じゃないかっ……！」

――いやいや、変な妄想をするのはやめよう。

晶のことは正直気になる。

でも、中途半端《ちゅうとはんぱ》な立ち回りをしたら、誰かに迷惑をかけてしまうかもしれないから。

5 MAY

5月23日（月）

久々に演劇部に顔を出しました！

最近は放課後にレッスンばかりでなかなか行けなかったけど、私のホームグラウンドというか、やっぱりあの空間は安心する。

和紗ちゃんや天音ちゃんとは同じクラスだけど、やっぱり部活は楽しいよね。

天音ちゃんは最近生徒会が忙しいって言ってたけど、やっぱり今日は部活に来られなかったみたい。私やひなたちゃんもなかなか顔を出せないから、和紗ちゃんたちに任せっぱなしでゴメンナサイ……。

でも、一年生のみんなは素直で真面目な子ばっかだし、みんな熱心だから嬉しいな！

まだまだ演劇部はこれから！

私も一緒に成長できるように、出られる日は必ず行きたい！

そうそう。帰り道で、ひなたちゃんが「縁」って言葉を言ってたなぁ。

私と兄貴は深い縁で結ばれている……知ってた！

たぶんひなたちゃんが想像している以上に深い縁で私たちは結ばれてると思う！

……まあでも、兄貴はそこまで思ってくれてないだろうな……。む～……。

ただ、強運の持ち主ってことなら、兄貴はほんと持ってる人だと思う。

振り返ってみると、兄貴と出会ってからいっぱいいろんなことがあったなぁ。

嬉しいこともあれば、そうじゃないことも……。でも、大きなトラブルがあっても、兄貴と一緒に乗り越えてこられた。

努力もそうだけど、運もあったんだなって思うことがいっぱいあったなぁって思う。

私だけではなんともできなかったことも、兄貴がいたからできたわけで……。

まとめると、私の一番の幸運は兄貴と出会えたこと！

これからも愛してるぜ、兄貴！

# 第3話「じつは新幹線で驚きのことがありまして……」

来る五月二十五日水曜日、朝六時半。

玄関先に、親父《おやじ》と美由貴《みゆき》さん、それから晶もいる。真嶋《まじま》家総出でお見送りというのはいささか仰々しい気もして、なんだかこそばゆい。

「涼太《りょうた》、忘れもんないか？」

「ああ、大丈夫」

「ハンカチとポケットティッシュは持った？」

「大丈夫ですよ、美由貴さん」

「兄貴、干し肉とコンパスは？」

「……どこに行くと思ってるんだ？」

行き先は京都・大阪・奈良だ。ジャングルではない。

「あとあと、義妹をお忘れだぞ？」

晶は冗談っぽく、両手の親指をグッと立てて、クイクイと自分を指した。……というか、朝から妙にテンション高いな？

「……いや、義妹は置いていく。持ち込み禁止だからな」

「ひっどぉ！　──親父、母さん、今の聞いたー？」

親父は「ふむ」と顎に手を当てて美由貴さんを見た。

「たしか義妹は三百円までじゃなかったか？」

「あらあら、義妹はおやつに含まれないわよ？」

──含まれてたまるか！

義妹をバナナと勘違いしているのだろうか？

朝だからか全員のボケの質が低い。

というより、なんだろう、この親父と美由貴さんのテンションは……。

最近、この手のボケの回数が増えてきた。真嶋家に一人しかいないツッコミ役の俺の負担を考えてほしいものだ。

あと、いろいろ気まずいところをわざと擦《こす》るようなネタはやめてほしい……。

やれやれと思っていたら、晶は急に真面目な顔をして親父たちを見た。

「なに言ってるの？　義妹は主食だよ？」

「「あ──……」」

と、納得する親父と美由貴さん。……付き合いきれん。

「いってきまーす……」

　俺はゲンナリしながら歩き出した。

「涼太、気をつけて行ってこいよーっ！」

「なにかあれば電話するのよーっ！」

「兄貴、じゃあまたあとでーっ！」

　三人から手を振られ、俺も振り返す。

　なんだかんだで、みんなに心配されるのは悪くない。お土産は……ん？

　……またあとで？

　一瞬聞き間違いかと思ったが、いや、まさか……。今のもギャグだよな？

　俺はなんだか引っかかるものを感じながら学校へと向かった。

＊　＊　＊

　学校に一度集合してから点呼。

　そのあとはバスで移動し、東京駅から新幹線に乗った。

　新幹線に乗ったのは去年の十一月の家族旅行以来だから約半年ぶり。ホームから迅速に車内に乗り込んで、いざ最初の目的地、京都を目指す。

距離にして五〇〇キロ弱。

歩くと二週間ほどかかるそうだが、江戸時代の飛脚はわずか三、四日で走ったらしい。新幹線のぞみなら約二時間十分。今後開業するであろうリニア新幹線ならば、その半分の約一時間で行けるそうだ。いやはや、時代の進歩は素晴らしい。

そんなうんちくを言いたくてうずうずしてしまうのは俺の悪い癖だ。修学旅行のテンションがそうさせているのだろうか。

ちなみに、俺が今座っているのは二列席の窓際《まどぎわ》。通路側に光惺《こうせい》が座っている。前の座席をクルッと返しているので、俺の向かいは結菜《ゆいな》。結菜の隣に星野《ほしの》がいて、光惺と向き合って座っているという配置だ。

「結菜、ピースして〜」

「ピース」

「笑顔笑顔！」

「ピース」

「だから笑ってってば！」

星野はいつもよりテンションが高い。結菜はいつも通りの無表情だが、それなりに楽しんでいる様子はある。

ふと、俺の隣に座る光惺を見た。

「新幹線は大丈夫なんだな？」

「飛行機以外は大丈夫だっつーの……」

「ほかに苦手な乗り物は？」

「……トロッコ」

ふむ……。

たぶん、普通に日本で生きていてトロッコに乗る機会はそうそうないだろう。某ゲーム・クイズ番組のボーナスステージぐらいではないだろうか。間違えたら即終了の……。

「じゃあ結菜、次は真嶋くんと一緒に！」

「「え？」」

「真嶋くんもほらほら～、記念に記念に～」

俺と結菜は顔を合わせた。

なんのことはない。ただ写真を撮るだけなのだが、ツーショットは初めてだ。

なんとなくの流れで、星野の構えるスマホのカメラ部分を見たのだが、

「あ、イイ感じ。結菜、笑えてるじゃーん」

星野がなかなか撮らない。

「もっと寄って。――そうそう、もっと仲良さそうな雰囲気を出してみよっかー？」

注文が多すぎて、なんだか笑顔が引きつってきた。俺の表情筋はあまり笑うことに特化していないので早くしてほしいのだが……。

「……真嶋くん、なにその顔？　もっと自然な感じで……いや、ほんとなにその顔？」

「だって撮らないからっ！　引くなよっ！」

「はい撮った」

「タイミング――ッ！　今のタイミングは絶対ダメだろっ⁉」

すぐにグループＬＩＭＥで共有されたが、シャッターチャンスとはなにか考えさせられる一枚だった。……消しゴムマジックで自分だけ消したい。

「千夏《ちか》、私のでも撮って」

結菜が自分のスマホを星野に渡した。

「へぇ、このポップグリップオシャレだねー？　普段つけてないよね？」

「うん」

「買ったの？」

「ううん、涼太からのクリスマスプレゼント」

結菜が頰を紅潮させて言うので、星野はニヤッとしながら俺を見る。

「それってまさかぁ～……」

「俺からだけど、その目はやめてくれ……」

もちろん他意はない。

さんざんお世話になったお礼にと結菜に渡したものなので、変に勘ぐられるのは困る。

なんだか急に身体《からだ》が熱くなってきた。女子からのこういうからかいは、やはり苦手だ。

「じゃあ二人、寄って寄ってー」

「じゃ、じゃあ……」

「う、うん……」

多少ぎこちなくなってしまったが、さっきより表情はマシな気もする。

「結菜、今の写真共有してよー」

「……ダメ」

「なんでー？　可愛《かわい》く撮れたよー？」

「ううん、私、変な顔しちゃったから……」

そう言って結菜は、顔を赤くしながらも満足そうにスマホを膝の上に置いた。

グラビアアイドルなのだから、撮られ慣れている気もするが――なるほど。誰かと一緒に写るというのは苦手なのかもしれないな、と思った。

すると、急に光惺が「はぁー」と大きなため息を吐《つ》いた。

「どうした？」

「いや、べつに……」

光惺は呆《あき》れたようにそう言って通路のほうを向いた。

俺が首を傾《かし》げたちょうどそのとき、

「わわっ！　富士山《ふじさん》だ！　綺麗《きれい》だねーっ！」

と、星野が窓の外を眺めながら興奮気味に言った。

「へ〜、富士山だな」と俺。

「富士山だ」と光惺。

「富士山」と結菜。

「えぇっ⁉　三人ともリアクション薄くないっ⁉　感動とかないのっ⁉」

「「「…………」」」

「無言はやめてっ！　一人だけはしゃいじゃってる感じで恥ずかしいからっ……！」

言わずもがな、星野のハイテンションに合わせられる人間はこの場にいない。グループ分けの段階でそのことに気づいていなかったのだろうか。

「あははは……俺、ちょっとトイレに行ってくるよ」

俺は苦笑いで席を立った。

トイレに行きながら、ガヤガヤと楽しんでいるクラスメイトたちを見る。ほかに比べたら、たしかに俺たちのグループは、しっとりと落ち着いている感じがする。

（ま、ちょっとは星野さんのテンションに合わせたほうがいいのかもな……）

せっかくの修学旅行なのだから、星野のためにもう少し明るく振る舞ったほうがいいのかもしれない。

――なるほど、こういうことか……。

プライベートを大事にするとは、たぶんこういうことでもあると思う。結菜は元気がないし、星野は空回りしているし、光惺はあの通りだ。

せっかく修学旅行に来たのだから、みんなが満足のいく、思い出に残るものにしたい。

……いや、これもなんだか仕事みたいな考え方だ。

――そうじゃなくて、俺自身がもっと楽しまなければいけないのだろうな……。

そう思い直して、トイレで用を足して出てくると――

「ん～……どうしよう～……困ったなぁ……」

手洗い場の少し手前で、手にスマホを持ちながらキョロキョロしている女の子の背中を見つけた。

そのわざとらしい言い方に、俺は──大きくため息を吐く。

「……君、どうしたの？」

彼女は「え？」と言いつつも、振り返らない。

「あの、なんですか……？」

「なにか困ってるんじゃないかと思ってね」

「たしかに困ってはいますけど……」

「もしかして、迷ったの？」

「クスッ……迷ったというか、人を探していて……もしかして、ナンパですか？」

俺は苦笑した。

「さすがに義妹《いもうと》をナンパする兄貴はいないだろ……」

すると晶《あきら》はクルッと振り返って、笑顔で「兄貴！」と俺の胸に飛び込んできた。揺れる新幹線の中、俺は慌てて壁に手をつき、片手で晶を抱き抱える。……困ったやつだ。

「で、こんなところでなにしてんだ、晶？」

「寂しくてついてきちゃった〜……なーんて、キュンってしたー？」

と、晶は冗談っぽく言って、ニコニコと笑いかけてくる。

「いや、本来ならキュンとすべきセリフだろうけれども……いや、なんでいる？」

「ほら、例のCM撮影だよ」

「……は？　それって明日だろ？」

「うん。だから今晩は前泊することにしたのだ！」

「のだ！　って……」

俺はだいぶ呆れた。

今朝のアレ、またあとで、とはこのことだったらしい。

「しっかし、まさか同じ新幹線だったとは……いや、狙ったよな？」

「狙ってないって。それは本当にグーゼン。……ま、同じ新幹線なのは知ってたんだけどね。ちなみに僕が選んだわけじゃないよ」

「じゃあ誰が？」

「それはねぇ──……──」

＊　＊　＊

「──よお、真嶋《まじま》」

「まさかの建《たける》さんですか……」

俺はほとほと呆れた。

「どうして建さんまでいるんですか？」

「なぁに、娘のサブマネが仕事をほっぽりだして旅行に行くって聞いたからよ。邪魔してやろうと思ってな」

「うわっ、最低です……」

「なーんていうのは嘘《うそ》だ。じつは俺も仕事でよ。今から京都に行くんだ」

京都で仕事と聞いて、俺は「へぇ」と驚く。

「時代劇ですか？」

「いいや、サスペンスだ」

「あ、じゃあ犯人役ですよね？」

「あん？　今、俺の顔見てそう思ったろ？　決めつけるなよ？」

もともと建さんは任侠《にんきょう》映画を中心に出演する俳優さんで、トレンディさの欠片《かけら》もない、ヤクザ風の強面《こわもて》……だが、俺は見た目では判断していない。

これまでの実績でそう思っただけだ。

「じゃあ、なんのお仕事ですか？」

「おお、それがな、久しぶりの大仕事でよぉ、地上波のドラマに出るのさ。しかもセリフ有り。俺は刑事役」

「おおっ！　おめでとうございます！」

捕まる側から捕まえる側に変わって、なんとめでたいことか。

建さんの隣に座っている晶も鼻高々だろう。

「といっても、セリフ、三つでしょ？」

晶、それは特大ブーメランになるから気をつけたほうがいい。自分はセリフすらもらえていないんだから……。

「『待てっ！』と、『警部、俺は向こうに！』と、『すみません、取り逃がしました……』だっけ？」

今のでだいたいの絵が浮かんでしまったが……まあいい。

「おう。でも、それだけじゃないぞ？　セリフにない部分も芝居だからな」

それもそうだ。セリフは少なくとも、登場シーンは多いということだろう。

「気合入ってますね？」

「まあ、久々の地上波だからな」

建さんは嬉《うれ》しそうにそう言った。

「それにしても、さすがは親子というか……」

「ん？」

「建さんは地上波のドラマに出るし、晶もCM出演を決めたし……役者の血筋と言いますか、すごいなって思って」

建さんはふっと笑った。

「いいや、メンデルの法則は血が通ってねぇ。ほら、前にも言ったろ？　環境が大事だって。晶とお前が頑張った、その結果さ。で、俺は実力よ！」

自信満々に言う建さんを見て、俺と晶は苦笑いを浮かべた。

「あの、ところで……また、痩せました？」

会ったときから気になっていた。なんだか顔色がそんなに良くない気がする。色艶《いろつや》がないというか……。

徹夜明けのくたびれたような感じの顔で、前に会ったときより頰も瘦《こ》けている。

すると建さんは真面目な顔つきになった。

「真嶋、よく気づいたな……」

そして次の瞬間、声を出して笑いそうなほどの笑顔になって──

「役作りでダイエットしたんだよ。この歳《とし》で体重落とすのは苦労したぜー」

なんだよ、と俺はすっかり気が抜けた。

「役作りって、必要なんですか？　刑事役ですよね？」

「いや、その次の仕事のためだ。まだ詳しくは言えねぇが、そっちもデカい仕事なんだよ。だから、今回のドラマはトチれねぇ。絶対にいい芝居をしてやるさ」

心配して損した。……でも、同時に、安心もした。

「心配してくれてありがとよ。――で、たまたま晶の仕事と二日目の日程が被《かぶ》ってたから、こうして一緒に向かってるんだ」

「そのことは――」

――親父《おやじ》と美由貴《みゆき》さんは、と言いかけて慌てて口をつぐんだ。

内緒にしているのかもしれない。

久々の、親子の旅行のようなもの。俺が水を差したらいけないと思った。

「なんだよ？」

「いや、いいなと思って。――晶は建さんと出かけるの、楽しみにしてたもんな？」

「ちょっ⁉　兄貴、恥ずかしいから言わないでよっ！」

晶が真っ赤になってむくれる。建さんの前では素直じゃない。そういうところは親子だなと思う。

建さんは、どことなく優しい目を晶に向けていた。子を見る親の目だった。

「ま、じつは俺も楽しみだったんだ。こういう機会はもうないと思ってたからな。最後と思って、目一杯甘やかすからな？」

「お父さん、そういうのはグリーン車に乗るくらい売れてから言ってね？」

「あ、はい……さーせん……」

建さんは、こちらが気の毒になるくらいしゅんとした。

自由席では父親の尊厳は保たれないらしい。……覚えておこう。

「てことで、兄貴は修学旅行楽しんでね？」

「ああ。それじゃあ建さん、晶のことよろしくお願いします」

「おうよ、楽しんでこい！」

笑顔の二人に見送られて、自動ドアを通ったあと、俺ははたと足を止めた。

――あれ？　俺、メンデルの法則の話、建さんにしたっけ……？

若干腑《ふ》に落ちないものを感じつつ振り返る。

すると、自動ドアの窓の先で、建さんと晶が楽しそうに話している姿があった。

——ま、晶から聞いているか……。

そう思い直して、俺は自分の車両へと戻っていった。

＊＊＊

座席に戻ると、最初に光惺《こうせい》から話しかけられた。

「トイレ、並んでたのか？」

「それがさ……同じ新幹線に晶と建さんが乗ってたんだよ」

「うっ……」

光惺は露骨に嫌そうな顔をした。

「なんで親子揃《そろ》ってんだよ……？」

「建さんも仕事だってさ」

「いや、絶対狙って乗り込んできただろ、この新幹線……」

「晶《あきら》は偶然って言ってたけどな？」

まあ、建さんならやりそうだ。

修学旅行のしおりには、何時何分にどの新幹線に乗るかまで、細かな記載がある。

晶は嘘を言っていない様子だったし、建さんが俺の修学旅行日程を晶から聞いて、同じものに乗り込んだ可能性はある。

――あとで刑事さん役に真相を訊《き》いてみるか……。

すると俺たちの会話を聞いていた星野《ほしの》が「なになに？」と訊《たず》ねてきた。

「真嶋くん、建さんって誰？」

「晶の本当のお父さんだよ。今、違う車両に二人で乗っててさー」

「本当のお父さんか……晶ちゃんと離れて暮らしてても仲が良いんだ？」

「まあね。いろいろあったけど、落ち着くところに落ち着いたというか、もともと晶は建さんのことが好きだからね」

本当にいろいろあったが、今では親子として、あるいは役者の先輩後輩として、なかなかいい関係を築けていると思う。

でも、本来ならば――と、少しだけ俺は複雑な気分になったりもする。

すると、珍しく結菜《ゆいな》から光惺に声をかけた。

「上田《うえだ》くん、どうする？」

「挨拶か？　……いや、今は旅行中だし」

「じゃあ私は挨拶してくる。事務所の大先輩だし。晶ちゃんもいるし——」

結菜は立ち上がって通路に出た。さすが結菜は律儀《りちぎ》だ。

「おい、月森《つきもり》……!? たく……——」

光惺もしぶしぶといった感じで立ち上がり、結菜のあとについていった。

こうして俺は唐突に星野と二人きりになったのだが、急に彼女が俺の正面に座り直した。

そうして「結菜のことなんだけど」と、声を潜める。

「なに？」

「最近ちょっと変わったというか、元気がないっていうか……」

「それは俺も気になってたんだ。なんていうか、浮き沈みがあるっていうのかな……」

結菜はあまり感情を表情に出さないし、リアクションも大きいほうではない。

見た目からはわかりづらいが、もちろんテンションの浮き沈みはあるし、俺たちのように親しい人間だとわかる。弟の夏樹《なつき》も気にしているぐらいだし、もしかしたら——

「なにか大きな悩みがあるんじゃないかな？」

「そうかも。真嶋《まじま》くんは結菜からなにか聞いてる？」

「いや、特には……。訊いても答えにくそうな感じだし……」

「そっか……」

星野は落ち込んだ顔をした。

せっかく楽しみにしてきた修学旅行なのに、このままでは良くない。

「結菜の気持ちが明るくなるように、俺たちで気分を盛り上げるしかないか……」

「だね！　──それに、私よりも真嶋くんのほうが……」

「え？　なんで？」

最後が聞きづらかったので訊ねると、星野はバツの悪そうな顔をした。

「なんでって、なんでも……」

誤魔化すように言いながら、星野は少し顔を赤くする。

「……やっぱり言うね。結菜がさぁ、去年の二学期あたりからずっと真嶋くんを意識してるんだよねー……」

「え？　……まあ、俺と話してみたかったとは本人が言ってたけど？」

「本当にそれだけかな？」

「え……？」

「それってさ、やっぱり──」

そこに、案外早く結菜と光惺が戻ってきた。俺と星野は慌てて口をつぐむ。

「あー……怠《だり》ぃ……──ん？」

「……千夏《ちか》、涼太となに話してたの？」

「ん？　えっとー、今日のグループ別行動の話だよ？」

「そう……」

「あ、席代わるね？」

星野が元の位置に戻ると、結菜は静かに俺の正面に座った。俺はなんとなくきまりが悪くて、誤魔化すように笑顔をつくる。

「結菜、建《たける》さんに挨拶できた？」

「うん」

「いや、まさか晶も来てたなんて思わなかったから、俺も──」

晶の名前を出した瞬間、星野がいきなり「あわっ！」と言って、慌てて口をつぐんだ。

俺は少し驚き、結菜の物憂《ものう》げな表情がさらに曇った。

「晶ちゃんにも会ったよ。すごく綺麗《きれい》になってた」

「そ、そっか……まあ、最近は自分磨きに余念がないみたいだし……」

すると隣の光惺から「ハァー」と聞こえるくらいのため息が漏れた。

「どうした、光惺？」

「なんでもねーっつーの……」

その割には不機嫌そうだ。なんとなく雰囲気が悪くなりかけたところで、無理やり明るい流れに引き戻すように、星野がトランプを取り出した。

「トランプあるからみんなでやらない⁉　やろやろ──」

そのあと四人でトランプをしたが、なんだかぎこちない感じがした。

星野がひっきりなしに話し、光惺はいつもの仏頂面《ぶっちょうづら》で返す。

途中結菜の顔色を窺《うかが》ってみたが、彼女がいったいなにを考え、なにに悩んでいるのか、正直俺にはわからなかった。

5 MAY

5月24日（火）

明日から兄貴は修学旅行でいない……。

3日間も一緒に過ごせない……。

と、見せかけて、じつは兄貴にサプライズを仕掛ける予定！

なんとなんと、お父さんのお仕事についていく予定だったのです！

二日目は私もCM撮影があるし、兄貴と一日目から一緒の新幹線に乗る予定だったり！

ただ、これはお父さんが企画したもので、新幹線の手配はお父さんがしてくれた。

あと、宿泊するホテルも兄貴のところと一緒の場所を予約してくれたんだ。

お父さんが兄貴の修学旅行のしおりを写真で撮って送ってほしいって言ったから、なにかなって思ってたら……やるじゃん！　お父さん！　ありがとう！

前に兄貴と修学旅行に行きたいって言ってたこと、覚えててくれたのかな？

お父さん、そういう小さなことをよく覚えてるからなぁ。

でも、ほんと嬉しいし、お父さんと旅行するのも楽しみ。

まあ、そんなわけなんだけど、兄貴にはこのことは秘密。もちろん、お母さんや親父にも秘密。お父さんのことを話したら、二人とも微妙な空気になるだろうし……。

兄貴、驚くかな？

でも、修学旅行の邪魔はしたくないし、遠くから兄貴を眺めてるくらいならいいかな？

ちょっとだけ、ほんの三分とかでいいから、兄貴とおしゃべりしたいな。

できたら修学旅行中に告白を……いや、毎日してるし、あんまり効果はないか。

でもでも、兄貴に真剣に告白したらOKもらえるかもっ！

よし！　そうと決まれば、とびっきりカワイイ服を選ばなきゃ！

日記は修学旅行から帰ってきてから書くので、ちょっとだけお休みだよ？

いっぱい思い出をつくって帰ってくるから、待っててね！

# 第4話「じつは友人たちと修学旅行気分を楽しみまして……」

仁和寺《にんなじ》では体験活動がメインだった。

京都に着いてすぐにバスで移動。着くなり写経のグループと座禅のグループに分かれ、俺たちのグループは写経をやっていた。

さて、四人のうちで誰が一番上手《うま》かったか？

答え——俺……ではなく、俺の隣の金髪イケメン野郎である。

「……お前、文字までイケメンかよ？」

「そういうお前はスパイ活動中か？」

「暗号じゃねぇよ……。そこまで読めなくないって……」

使い慣れていない毛筆のせいか、お手本があってもなかなかその通りに書けない。上からなぞるタイプだったらいいのだが、見て写すというのは俺にはハードルが高い作業だ。

ふと隣の結菜を見る。彼女は左利《ひだりき》きなのだが、筆を右で構えていた。それなのに俺よりも遥《はる》かに上手いというのはどういうことなのだろう？　なんだ、この敗北感は……。

「結菜、上手いな？」

「毛筆、四級」

「…………すごいな」

——たぶん、よくわからないけど。

一級とか初段レベルであれば素直にすごいと言えたのだが、四級とは果たしてどれほどのものなのだろうか。

とりあえず……俺の右手はどうした？　なぜもう少し頑張れない？　いや、諦めるな。弘法大師《こうぼうだいし》・空海《くうかい》がこの身に宿りさえすれば俺だって——

「わわっ、また失敗しちゃった～……」

星野は独り言のように言った。彼女はさっきからそんな感じで、誰にというわけでもなく、一人で慌てて一人で喋《しゃべ》っていた。……なんだか西山《にしやま》を彷彿《ほうふつ》とさせるなぁ。

「どうして上手く書けないんだろ～……」

「星野さん、グッジョブ！」

「……真嶋くん、バカにしてる？　なに、その笑顔……」

バカにはしていない。俺と同レベルの仲間がいると、安心感や親近感が湧くというだけだ。もっと言えば、俺に星野をバカにできるだけの筆力はない。

――と、そんな感じで。

なにかに集中しているときはほかのことを考えなくて済む。

結菜にとっては、今はそれでいいのかもしれない。彼女の横顔を見ながらそう思いつつ、一方で、俺は建さんと一緒に京都にいる晶のことが少し気がかりだった。

「……ん。終わった」

一番に終わった光惺《こうせい》の写経は――あまり褒めたくないが、ガチでなにをやらせても上手いな、こいつ……。

「……光惺、出家しろ」

「は？　なんでだよ？」

「坊主頭《ぼうず》の光惺くんもカッコいいかも……」

「千夏、なに言ってんだ……？」

「ボーズ・ボーイズ・プロジェクト……ＢＢＰ」

「月森、お前が一番わけわからん……」

……それと結菜、そのプロジェクト、俺も入っていないよな？

＊　＊　＊

体験が終わると、今度は自由散策の時間になった。

仁和寺はかなり広い上に、非常に格式が高い。

門跡寺院《もんぜき》――つまり皇族《こうぞく》や摂家《せっけ》の人が出家して住職を勤める寺院で、別名「御室御所《おむろごしょ》」とも呼ばれている。

――いや～、歴史好きの端くれとして、テンション上がるなぁ。

重要文化財に指定されている朱塗りの中門を見ただけでも血が騒ぐのだが――

「――お、五重塔《ごじゅうのとう》！　あれも重要文化財だ。じつは日本には五重塔がたくさんあるんだけど、ここのは下層から上層まで屋根の大きさがほぼ一緒で、時代劇に登場するのはほぼここのなんだ。江戸時代の様式が――」

「おい、涼太《りょうた》……」

「なんだ光惺？　なんでも訊《き》いてくれ――」

振り向くと、光惺と星野《ほしの》がゲンナリした顔をしていた。

「お前、今日イチ、テンション高いな……」

「あははは……そういえば真嶋くんって歴史系好きだったもんね――……？」

二人との温度差を感じて、俺は「うっ」と呻《うめ》いた。

「みんな、すまん……じつは京都に来るのが楽しみで仕方がなくて……」

面目無い、と俺は頭を下げた。

「わ、わかるよ、真嶋くんのその気持ち！　私も修学旅行楽しみで眠れなかったもん！」

「いや、俺は昨日グッスリ寝たけど……」

「ってオ―――イ！　今のは私なりのフォローー！」

星野は怒ったような顔をして、手をパタパタさせた。

「普通さ、楽しいことの前日は眠れないじゃん！　――ね？　光惺くん！」

「いや、俺もグッスリだったけどな？」

「光惺くん……!?」

「私もグッスリ」

「結菜《ゆいな》までっ!?　てか、私への共感性が皆無っ！」

……まあ、高三にもなればそんなものだ。

「はぁ～～……でも、真嶋くんは、ほんと歴史に詳しいんだね？」

「うん。でも、知識をひけらかすのはやっぱり良くないって反省したよ」

「そんなことないって。真嶋くんがいると、ガイドさんいなくても安心だから……」

星野のフォローが余計に辛《つら》い。このあと俺は、どんなテンションで彼らと一緒に行動したらいいのか。

そのとき——

「クスッ……」

結菜からかすかに笑い声が漏れた。

「少しのことにも先達はあらまほしき事なり——真嶋《まじま》くんのことみたい」

結菜がそう言う。

「……え？　徒然草《つれづれぐさ》？」

結菜は「うん」と言って、微笑を浮かべて俺の隣に立った。

そうして俺と一緒に五重塔を眺める。

光惺と星野はいつの間にかべつのところへ行ってしまったようで、姿がなかった。

俺は少し、結菜の言葉の解釈に悩んだ。

——今のはどっちの意味だろうか？

中学のときに習った徒然草の『仁和寺にある法師』は、仁和寺のとある法師が、石清水《いわしみず》八幡宮《はちまんぐう》へ参拝したときに、勘違いしてやらかした話だ。

長年行きたいと思っていた石清水八幡宮にようやく参拝できたと思い込んでいたのだが、実際に参拝したのは、その手前にあった極楽寺《ごくらくじ》や高良《こうら》。

それだけで満足して、けっきょく念願だった石清水八幡宮には参拝せずに帰ってしまったのだが、法師の失敗はそれだけではない。そのことに気づかずに、仲間に得意げに話してしまったのだ。

それを聞いていた吉田兼好《よしだけんこう》は、「ちょっとしたことでも、その道の先導者はあってほしいものだなぁ」と思う――

(――てことは、俺が『先達』か？)

先達――先導者、ガイドのことだ。

しかし、勘違いしてやらかしたといえば――

『――晶《あきら》さんは、弟じゃなくて、妹だったんですか……？』

『そ、そうだけど、今さら……？』

――まんま、俺じゃね……？

俺の黒歴史『弟妹《ていまい》勘違い』……そういえば光惺やひなたちゃんに「弟ができた」と自慢げに語ってしまった。

そのあと、なんやかんやがいろいろあって、晶と暮らすようになって三週間後、俺はようやく義妹《いもうと》だと気づくのだが……うん、俺だ。ガイドが必要な人……うん、俺だ。

「涼太、顔真っ赤だよ?」

「えっ⁉」

キョトン顔の結菜に見つめられる。

「なにを思い出したの?」

「いや、べつに……」

——言えるか、義弟《おとうと》だと思っていた相手が義妹だとお風呂《ふろ》で発覚したなんて……。

吉田兼好もビックリの勘違い——今さらだが、身悶《みもだ》えそうなほどの、ものすごい羞恥が込み上げてきた。

すると結菜がふと口を開く。

「涼太は、私にとっての先達」

「俺が?」

「うん」

逆じゃないか、と思った。

今までのことを顧みても、俺のほうがさんざん結菜に助けられている。

「それと、晶ちゃん」

「晶も？　なんで？」

「兄妹《きょうだい》……ううん、人と人かな。どうやったら人と心を通わせられるか、二人に教えてもらった気がするから」

結菜は俺の制服の肘のあたりをそっと摘《つま》んだ。

「相手を想《おも》うこと。想いをカタチにすること。……私が苦手なこと」

俺の中で緊張が高まった。

たぶん、新幹線の中で、星野に変な勘ぐりをされたからだろう。

「おーい二人ともー！　そろそろ移動だって！　先生が急げってー！」

星野の叫び声がして、結菜はパッと俺の袖を離した。が――

「涼太、行こ？」

すっと右手を差し出された。

俺の心臓がドクンと跳ね上がる。

多少まごついたが、俺はそっと結菜の手をとった。

引っ張られる。

思ったよりも力が強い。

ソフトボール部で鍛えたからだろうか、と余計なことを考えた。

そのまま駆け出すと、結菜の細く長い黒髪が、風を受けて、柔らかに乱れる。

その髪と髪のあいだ——頰を赤らめている彼女の横顔が見えた。

俺は、なんだか照れ臭く、繋《つな》がれた白い手を見ながら走った。

＊＊＊

バスの中で、いったん息と心を鎮めた。

通路を挟んで反対側にいる結菜をそれとなく見ると、憑《つ》き物《もの》が落ちたように、ニコニコとしながら星野となにかを楽しそうに話していた。

俺は、さっき結菜と繫いでいた手をじっと見つめながら、新幹線で星野と話していたことを思い出した——

『……やっぱり言うね。結菜がさぁ、去年の二学期あたりからずっと真嶋くんを意識してるんだよねー……』

『え？　……まあ、俺と話してみたかったとは本人が言ってたけど？』

『本当にそれだけかな？』

——本当にそれだけ、だよな……。

バレンタインの前日、結菜の部屋で、俺と結菜のあいだで交わされた会話は——

『私は、真嶋くんのこと、好き——』

『月森《つきもり》さん……？』

『真嶋くんの、そういう優しい性格、誰かのために頑張るところ、晶ちゃんを大切に思っているところ、好き。とても良いと思う』

——人として好きという意味。

けっして恋愛的な意味ではなかったし、だいいち——

『私、涼太《りょうた》くんと、お友達になりたいの……』

――そう言われた。

だから、星野《ほしの》の言っていたこととは違うはず。それに――

『え、えっと、えっと……い、妹戦国時代！　せっかくだから私も参戦！　ど、同級生で、お姉ちゃんだけど、つ……月森結菜、馳《は》せ参《さん》じ……馳せ……――くぅん……』

――あぁー……これは違う違う、結菜のために忘れてあげないといけない記憶だ……。

でも、え？　結菜は俺の妹になりたいのか……？　ああもうわからんっ！

「……涼太、どうした？　さっきから顔面がおかしいぞ……？」

「光惺《こうせい》……妹戦国時代ってなんだろう？」

「知るか」

いったん鎮まった心が、もんもんとし始めた。

こういうときこそ先達は必要なのではないだろうか……。

＊＊＊

「金閣寺《きんかくじ》ってほんと金ピカだねー。すごいなー」

星野が感嘆の声を上げる。

昼食後、俺たちは金閣寺へやってきた。

正式名称は鹿苑寺《ろくおんじ》の『舎利殿《しゃりでん》・金閣』。どうして金箔《きんぱく》が張られているのかいくつか理由はあるのだが、仁和寺《にんなじ》での失敗があるため、俺はうんちくを言うのを慎んだ。……でも、うずうずする。

「金閣寺って一度全焼してるよね？」

「結菜《ゆいな》、よく知ってるな。一九五〇年だ。二十一歳の、金閣寺の徒弟僧がやったんだ」

結菜が何気なく言った一言に、俺は飛びついて「はっ⁉」となった。

またやらかした……。

どうして京都は歴史好きの口を軽くしてしまうのだろう……。

しかし、思いのほか星野の食いつきがよく、「なんでっ⁉」とオーバーに反応した。

「金閣寺の美しさに嫉妬したのと、拝観に来る人たちに対しての反感だって」

「美しさに嫉妬かぁ……なんかわかるなぁ、燃やした人の気持ち……」

……ふむ。

「星野さん、これ以上みんなの金閣寺に近づかないでくれ」

「なんでっ⁉　みんなの内に私が入ってない⁉」

「いや、燃やす側の人間かなぁって思って」

「私は燃やす側の人間じゃないよっ！」

星野はむくれながら言った。……まあ、冗談はさておき。

「光惺も気をつけろよ？」

「は？　なんで？」

「金閣寺じゃないけど、華やかなイケメンはSNSで炎上する可能性があるからな」

「アホか……なんだそれ」

すでに芸能人になっている光惺が、女性とのスキャンダルで炎上する未来が見えた。つくづく俺は芸能人を目指さなくて良かったなと思う。そもそもイケメンでもないし。

すると光惺が、結菜や星野に聞こえないくらいの声で口を開く。

「お前は晶と一緒に燃えちまえ」

「はぁっ⁉　どういう意味だそれ⁉」

光惺はなにも言わずにニヤッと笑う。……こいつ。

ただ、一理ある……。

晶《あきら》の、通常の（?）義妹から逸脱した行動は、洒落《しゃれ》にならないくらいの炎上案件だ。俺も相当やらかしてはいる。一発の大きさで言えば俺のほうが大きいが、あいつはコンスタントにやらかしを重ねている。

もし晶が有名になって、このことが世に知れ渡ったら……サブマネの俺は、確実に終焉《おわ》るな。火炙《ひあぶ》りにされそう。肝に銘《めい》じておこう。

＊＊＊

金閣寺でクラス写真を撮ったあとはグループ別行動の時間だ。

集合は十八時に宿泊先のホテル。現在の時刻は十四時なので、そのあいだ好きな場所を見て回ってもいいことになっている。

大半のグループは京都駅方面へ向かったが、俺たちは修学旅行前に決めていた北野天満宮《きたのてんまんぐう》へ向かった。

金閣寺からバスで十分、徒歩で十五分くらい。後者を選択した俺たちは、ブラブラと話しながら向かい、途中で雰囲気のいい和物のお土産物屋さんを見つけて入った。

（そういえば、こういう雰囲気の店って藤見之崎温泉《ふじみのさきおんせん》以来だな……）

なんとなく思い出す。晶とひなたと三人でお土産物屋に入ったことなどを。

「そういや光惺、ひなたちゃんが藤見之崎で買った写真立てって使ってるのか？」

「ん？　……ああ、アレか。アレなら実家のリビング。——前に、ほら、学祭のときに俺らとひなたと晶の四人で撮った写真を飾ってる」

「そっか」

また思い出した。

花音祭《かのんさい》……学園祭というか、コスプレパーティーみたいな写真だった。俺と光惺が王子様の格好をして、晶はロミオで、ひなたがジュリエットで……。

四人で撮った写真はあの一枚だけだ。

「あのときはいろいろあったな？」

「……まあな。あのときは世話になった」

「たしか——『そいつは俺の女だっ！』」

「っ……!?　お前……」

「アドリブにしてもイケメンにしか吐けないセリフだよなー……。あのとき二回くらい言わなかったか？」

光惺は「うっせ」と言って、俺を無視して土産を選び始める。

「すまんすまん。──で、ひなたちゃんへのお土産を選んでるのか?」

「ちげーよ。母さんに……」

その割には、ひなたが好きそうなものを選んでいる。

「……なんだよ?」

「いや。……ひなたちゃんはピンクとかオレンジが好きだぞ?」

「知ってるって……」

光惺は眉間にシワを寄せてそう言いながらも、ピンクとオレンジの色が調和した、お洒落で可愛《かわい》らしい巾着を手にしていた。

──やっぱりひなたちゃんへのお土産じゃないか。

そうは思ったが、光惺が真面目な顔で選んでいるので、口には出さないでおいた。

一方の女子二人は、扇子《せんす》を選んでいる。

「結菜、これどうかな?」

「センスがいいね」

「じゃあこれにしよっかな……え? 今のもっかい言って? ねえ、もっかい言って?」

なんだか楽しそうにしていて、結菜の表情も明るい。

──俺も、親父《おやじ》や美由貴《みゆき》さんたちへのお土産を選ぶか……。

そのとき、ちょうど彩《いろど》り鮮やかなものが目に留まった。

——これ……。

花がモチーフのとても上品な髪飾りだ。手に持って想像してみる。

晶に似合うかな……。ああ、たぶんきっと似合うな。

気に入ってくれるだろうか——

「それ、晶ちゃんに？」

いつの間にか、すぐ後ろに結菜と星野がいた。

「あ、うん……こういうの、選ぶの自信なくてさ……」

なんだかきまりが悪く、俺は慌てて棚に戻そうとしたが、

「きっと似合うと思う」

と、結菜が言った。

「そっか、じゃあこれにしよっかな」

すると星野がニコッと笑って「じゃあさ」と結菜の背中を押した。

「せっかくだし、結菜のやつも選んでみてよ？」

俺は「え？」と戸惑った。

「え？　私は……」

「買うとかじゃなくて、真嶋《まじま》くんのセンスチェックだよ！」

「いやいや、そのあたりのセンスは俺に期待しないほうがいいよ？」

「いいからいいから、結菜に似合うやつを選んでみてよ？」

「じゃあ……──」

　俺は棚の中から、結菜に合いそうなものを一つ選んだ。

「──これはどうかな？」

「へー！　いいじゃんいいじゃん！」

　俺が選んだのは、一番シンプルな白い花の髪飾り。さっそく星野が結菜の髪に着けてみると、俺のイメージ通り、黒髪に白い花がよく合っていた。

「おおっ！　結菜、綺麗《きれい》！」

「そう……？」

「うん！　清楚《せいそ》系っていうか、結菜の綺麗さが際立《きわだ》つ感じ！」

　星野が褒めるたび、俺もなんだか照れ臭くなる。正直、そこまで狙ったわけではないが、まあ……たしかに似合っているし、その通りだと思う。

　結菜は鏡を見て頬を赤らめた。

「うん……これ、いいかも。これ、自分用のお土産にする」

「え？　買うの？」

「うん。すごく気に入った。……また一つ、大事なものが増えた」

そう言って結菜は照れながら上目遣いで俺を見た。

なんだかひどく照れ臭かった。

＊＊＊

軽くお土産を選んだあと、俺たちは北野天満宮にやってきた。

北野天満宮は、菅原道真《すがわらのみちざね》公を御祭神として祀《まつ》る、天満宮・天神社の総本社だ。古来から「天神さま」と親しまれ、入試合格、学業成就《がくぎょうじょうじゅ》、文化芸能、災難厄除《さいなんやくよけ》祈願のお社として幅広く信仰されている。

思えば俺たちももうすぐ受験生。

とはいえ、俺はまだなにも将来のことを決められていない。取り立てて目立った才能はないし、大学に行って学びたいこともないし、晶のサブマネを続けるつもりではあるが、それもこの先どうなっていくことか……。

親父と美由貴さんにはまだ進路の話はしていないが、晶は俺が大学に行くと思っている。光惺《こうせい》は訊《き》いても「まだわからない」と言っている。ただ、役者の仕事が忙しいみたいだし、そのまま本格的に芸能界へ進むと思う。

ちなみに、結菜《ゆいな》と星野《ほしの》は進学するらしい。今のところの希望は、結城《ゆうき》学園系列の結城大学とのこと。

俺は……まだいろいろ迷っている。来月進路希望調査を出さなければいけないのに、まだなにも決められていなかった。

──ま、焦《あせ》っても仕方がないか……。

四人で手を合わせたあと、光惺は星野に連れられておみくじを引きに行った。

俺は手持ち無沙汰だったが、結菜が熱心に手を合わせていたので、終わるまで待っていた。少しして、結菜がそっと顔を上げた。

「長かったな？　なにをそんなに熱心に祈ってたんだ？」

「……いろいろ」

「そっか」

あまり訊いてほしそうではなかったので、俺はそれ以上訊《たず》ねないでおいた。

「涼太《りょうた》は？」

「俺は……ほら、晶が明日初仕事だからその無事を、って感じ」

結菜は少しだけ驚いたように目を見開いた。

「そう。晶ちゃん、明日からなんだ」

「あれ？　晶から聞いてない？」

「うん」

「明日、アニバで撮影があるんだ。事務所の大先輩の松本柑奈《まつもとかんな》さん、その人がメインのCMで、晶は友人役で出るんだって」

「すごい」

「……とはいえ、セリフはないみたいだけどね？」

結菜は「それでも」と言って微笑《ほほえ》んだ。

「結菜だって深夜ドラマに出たことあるだろ？　というか現役グラビアアイドルだし、雑誌にも……」

結菜は「うん、でも……」と表情を曇らせた。

「でも、なに？」

「……ううん、なんでもない」

それ以上結菜はなにも言わなかった。

でも、なんとなく、仕事のことで悩んでいるのではないかと思った。

そのとき、遠くから星野の声がした。

「結菜ーっ！　真嶋くーん！　二人もおみくじ引いてみたらー⁉」

ブンブンと手を振っている星野の顔が明るい。大吉でも引いたのだろうか。

「涼太、行く？」

「ごめん。俺はちょっと行ってみたいところがあるから、あとで合流するよ」

小一時間ほど別行動をすることになり、俺は三人から少し離れて目的の場所に向かった。

光惺たちは興味がないかもしれないので、あえて一人になったのだが……まあ、心の中だけでうんちくを語っておく。

――道真公の歌に梅の花が出てくる。

藤原《ふじわら》氏の陰謀により、九州の大宰府《だざいふ》に左遷されることになった道真は、いよいよ都を離れることになった。

その日、幼いころから親しんでいた紅梅殿《こうばいどの》の梅に、

――東風《こち》吹かば匂ひおこせよ梅の花　あるじなしとて春を忘るな

と、詠《うた》ったという。

道真が太宰府に着くと、道真を慕った梅が、一夜のうちに彼の元へと飛んできた。梅は主《あるじ》の元へどうしても行きたかったのだろう。

これが有名な『飛梅伝説《とびうめでんせつ》』──その紅梅殿は、この北野天満宮《きたのてんまんぐう》ではなく、下京区にある菅大臣神社《かんだいじんじんじゃ》あたりなのだが、さすが道真公を祀っているところだけあって、ここにも梅苑《ばいえん》がある。

もちろん梅の季節ではないが、いつだったか、晶《あきら》は桜よりも梅が好きだと言っていた。だからというか、晶のことも自然に思い起こされて梅苑に足が向いたのだ。

すると一つ風が吹き──

「……あれ？　兄貴……？」

──風が、連れてきてくれたのだろうか。

晶が、そこにいた。

# 第5話「じつは北野天満宮で思いがけない人たちと会いまして……」

「──あれ？　兄貴……？」

梅苑にやってきてすぐに晶を見つけた。

彼女は俺を見るなり気恥ずかしそうにして、赤くなった頬を隠す。その恥じらう仕草が可憐《かれん》だった。雅《みやび》な言い方をすれば「たおやめ」といったところか。

「き、奇遇だな……」

「ほんとだね。まさかこんなところで会えるなんて……やっぱりこれって運命かな？」

と、言って、晶は花が咲いたように微笑んでみせる。

ほんと、こんなところで晶と会うなんて運命的……──なわけないだろう。

「……奇遇すぎて先回りしてるんじゃないかって疑うレベルだな？」

「ふえっ⁉」

俺はギクッとなった晶をジト目で見た。

「先回りしたんだよな？」

「そ、そんなことしてないよ⁉　運命だって言ったじゃないかっ！　デスティニーだよデスティニー……！」

……怪しい。なんで横文字を使った？

そもそも晶は俺のスケジュールを把握しているはず。修学旅行前、何時にどこに行くか、修学旅行のしおりを写真に撮っていた。

「……で、本当のところは？」

「ううっ……ちょっとだけ、近くまで来たから気になっちゃって……」

「普通にＬＩＭＥすればいいだろ？」

呆《あき》れながらそう言うと、なぜか晶は胸を張って強気な姿勢を見せた。

「それもそうなんだけど、僕はね、こう思ったのだ！」

ふむ。

「……聞こうか」

たいして深い話になりそうもなかったのだが、ここは耳を傾けておこうか。

「まず、兄貴に心配をかけてはいけないという前提がある！」

「それで？」

「修学旅行なんだから楽しませてあげたいなと思った！」

「なるほど」

「で、遠くから好き好き光線を送り続ければいつか兄貴がこっちを振り向いてくれる！」

「はいストップ――――……」

俺は「なるほど」の段階で晶を止めるべきだったと後悔した。

そんな熱視線を修学旅行中に浴びせてくる義妹《いもうと》がどこにいる？　ここにいる。

「なに、その無表情？」

「真ん中の顔。感情があっちこっち迷ってるんだ。喜んでいいのか、呆れたらいいのか……その真ん中で迷ってる顔」

「そんな顔しないでよぉ……。楽しんでいるところを邪魔しちゃ悪いかなっていう僕なりの配慮だよ。だからＬＩＭＥも送らなかったし、声もかけないでおいたんだ」

「う～～ん……」

――ま、そういうことにしておこう。

「てことで、お互いがどこにいるか心配にならないために、位置情報共有アプリを入れておかない？」

「ああ、あの、カップルがよくやってるやつ？　えぇー……」

「カップルだって思うからそういうリアクションになるんだよ？　家族とか親しい友達同士でも入れたりするよ？」

「いや、俺は光惺《こうせい》とか、結菜や星野さんともそういうのやってないぞ?」

「………兄貴、アプリ入れよっか。僕と二人でやろ? ね?」

「おい、なんだ今の間は⁉ なんで悲しそうな目をするんだっ⁉ いるから、友達!」

そんなこんなで、俺はしぶしぶスマホにアプリを入れて、晶と位置情報を共有しておいた。

「で、そっちは今までどうしてたんだ?」

「さっきまでお父さんと芸能神社に行ってたんだ」

「ああ、パワースポットの?」

「そうそう。験《げん》を担《かつ》ぐにはあそこが一番だってお父さんが言うから」

その建《たける》さんが見当たらない。

「……建さんは?」

「これから撮影があるから嵐山《あらしやま》のほうに行ったよ。僕はこれ──」

そう言って、晶はショルダーバッグからなにかを出して俺に差し出す。それは青色のお守りだった。中央に金色の糸で四つの漢字が並んでいる。

「学業成就《がくぎょうじょうじゅ》?」

「そっ! 兄貴が今年受験生だから──はい、兄貴!」

素直に受け取って、晶に微笑を向ける。

「ありがとう」

「いえいえ。ほんとは合格祈願にしようか悩んだんだけど、こっちにしたんだ。最近の兄貴、いっぱい勉強してるから、これからも頑張れるようにって」

俺のことをいろいろ考えてくれたようで、なんだか嬉《うれ》しい。

「そっか。ほんとありがとな？　あ、そうそう――」

ふと思い出して、俺も鞄《かばん》からさっき買ったものを取り出した。

「俺からも、はい」

「え？　なにこれ？　僕へのプレゼント？　開けてもいい？」

「どうぞ」

「やったーっ！」

小箱から出てきたのは、さっきお土産物屋で買った花がモチーフの髪飾り。

「うわっ！　綺麗《きれい》……磁気ネックレスじゃない！」

「感動のポイント、そこか……？」

晶はえへへと笑ってから、今度はうっとりしたような表情で小箱の中を見つめる。

「可愛《かわい》いなぁ、綺麗だなぁ……兄貴、センス抜群だね？」

「あ、えっと……結菜《ゆいな》に選んでもらったんだ」

「月森《つきもり》先輩に？」

——ということにしておく。

俺がガチで選んだと知られるのは、まあ……なんとなく気恥ずかしい。

すると晶は急に自信がなさそうに顔を伏せ、横髪を下にツンツンと引っ張る。

「でもさ、僕、髪が短いから似合わないよ……」

「そんなことないって。きっと似合うから」

すると晶は「じゃあさ」と溜《た》めるように言ってから、上目遣いで俺を見た。

「……兄貴が着けてくれる？」

「わかった」

俺は晶の後ろに回った。

髪飾りを着けた経験なんてない。本当にできるか自分でも怪しいところだ。

「一回、ヘアピン取るぞ？　——髪、少し引っ張っても大丈夫か？」

「うん、平気」

そうして慎重にやると、思いのほかしっかりと着けることができた。

「どうかな？」

晶は照れながら髪飾りに指先で静かに触れてみせた。その仕草が可愛らしくて、俺は思わず胸が高鳴ってしまう。

「あ、うん……いいんじゃないか？」

「そう？」

「写真撮るよ――」

それから青葉の梅の木をバックに、写真を何枚か撮った。我が義妹ながら写真映えするなと思ってしまうあたり、西山《にしやま》にイジられても仕方がないのかもしれない。

いやいや、俺は兄バカだ。断じてシスコンではない……。

「――はい、送っといた」

「ありがとう、兄貴。――わー、なんかイイ感じ！」

「ほらな、似合ってるだろ？」

「うん！　ありがとう兄貴！」

なんだか照れ臭くなって、俺はそっと視線を近くの梅の木にやった。

「綺麗だ。梅が咲いてたら、もっと綺麗だったかもなー」

思ったまま口に出すと、晶《あきら》の照れ顔がさらに赤くなる。

「今、キュンってした……！　僕のこと綺麗って、嬉しいなぁ……」

「ええっと、事実を客観的に言ったまでだから……」

「えー？　さっきみたいに、もっと普段から自然な感じで言ってよー」

そんなことを言われても、兄貴にだって照れがある。

素敵だ、可愛い、綺麗だ、愛らしい、可憐《かれん》だ——そういう率直な感想を義妹相手に口に出すのは、いつだって気を使う。……いや、義妹にだけというわけでもないが。

「お願い！　もっかい言って！」

「……わかったって。一回しか言わないからな？」

俺は大きく深呼吸をしてから、そっと口を開いた。

「晶、すごく…………——イイ感じだ」

精一杯、考えた上でのその一言。……ぶっちゃけると照れ隠しだった。

「……はい？」

晶は目を点にした。

「えっとー……ほかには？　ほら、もっとこう、グッとくるやつ」

「いや、マジで、かなりイイ感じだ。ヤバいな？　マジで」

「兄貴ぃ〜〜〜……」

晶がむっとした顔をしたので、とりあえず俺は――逃げた。

「もっと具体的に！　なんかあるでしょっ⁉」

「だからヤバいって！　イイ感じだって！　マジヤバいなお前っ！」

「あんまりいい意味に聞こえないぃーっ！　なんかもっとほかにあるだろーっ！」

――とまあ、そんな感じで。

ヤバいくらいイイ感じになりかけたが、けっきょくはいつもの俺たちだった。

＊＊＊

「――も〜……兄貴のバカ……」

梅苑《ばいえん》を出て、御前通《おんまえどおり》にやってきた。晶が不機嫌になったので、ちょっとばかし甘い物で誤魔化そうという俺の浅知恵が働いたからである。

「ごめんって。なんか甘いもん奢《おご》るからさぁ」

「ま、べつにいいけどさ……もうちょっと僕へのサービスをしてよー？」

「サービスって、髪飾りをプレゼントしたろ？」

「それはもちろんありがとうだけど、ああいうときは言葉がいいの。簡単でいいから、ヤバいとかじゃなくて、もっと違う褒め言葉」

「そういうもんか？」

「そういうもの！」

ふむ……。

「お前、マジぱねぇな？」

「ハァ〜〜〜……兄貴に期待した僕がバカだったよ……」

そのとき、通りの正面から見覚えのある顔が二つやってきた。

向こうも気づいたらしく、俺と晶は同時に「あ」と口に出した。

「あれ？　君たちは……」

「涼太《りょうた》おにいちゃん！　晶おねえちゃん！」

「小深山《こみやま》さんに、すずかちゃん⁉」

これにはかなり驚かされた。まさかこんなところで小深山さんたちに出会うとは……。

すずかは俺たちを見るなり駆け寄ってきて、晶の腰元に抱きついた。

「せ、先週ぶりですね？」

「ええ。あのときは少し言いすぎてしまって、失礼しました」

若干俺と晶は身構えていたが、小深山さんの表情はいたく穏やかだった。今はすずかがいるし、仕事ではなくプライベートだからだろう。

「ところで、真嶋《まじま》くんたちはどうしてここに？　真嶋くんは制服みたいですが……」

「俺は修学旅行中です。晶のほうは……まあちょっと、いろいろです」

小深山さんは首を傾《かし》げたが、俺は苦笑いをしそれ以上は言わないでおいた。

「小深山さんたちは家族旅行ですか？」

「……半分は、そうですね」

小深山さんは悪戯《いたずら》が見つかった子どものように、顔を少し赤くして、右手の人差し指で頬を掻《か》いた。

「じつは家族を連れて出張に来たんです。これから仕事がありまして、その前に少し観光しておこうと……」

「あの、家族ということは、奥さんも？」

「近くのカフェでゆっくりしてもらっています。普段は妻に任せっきりなので……。このあと交代して、私は仕事へ行きます」

「なるほど……」

仕事の合間を縫っての家族サービスといったところだろうか。小深山さんはバツの悪そうな顔をしているが、修学旅行中に義妹《いもうと》と会っている俺も人のことは言えない。

ふと、えんじ色の暖簾《のれん》のかかった店の前で、晶とすずかがピタッと足を止めて真剣になにかを見つめているのが目に入った。

さながら、ショーケース越しにトランペットを見つめる少年のような二人を見て、俺はなんだか理由がわかりつつも近づいてみる。

「どうした？」

「お餅《もち》……」「おモチ……」

やっぱりな、と思った。……あと、二人とも見つめすぎだ。

そこは老舗《しにせ》の餅菓子屋で「みたらし団子」や「わらび餅」という札がかかっている。

「兄貴、みたらし団子って知ってる？　この世界で一番美味《おい》しい食べ物だよ」

「知ってる……世界一かどうかは個人差があることもな……」

俺はやれやれと思いながら、小深山さんと顔を合わせ、一緒に苦笑いを浮かべた。

＊　＊　＊

「「オイシィ～～～……！」」

と、晶とすずかは同時に笑みを浮かべた。

みたらし団子を四人でテイクアウトして、それぞれが一本ずつ手に取った。たしかに美味しい。たしかに世界一かもしれないと思いながら小深山さんを見る。

小深山さんの優しい目が、みたらし団子を頬張るすずかに向けられていた。

「元気そうですね、すずかちゃん」

「はい。元気すぎるくらいです。このあとがあるのであまり疲れさせたくないんですが」

するとと今度は苦笑いを浮かべる。

「私は仕事にかまけてばかりで、すずかを大事にしてこなかったんです。だから、今回はたくさん思い出を残しておきたくて。きっと、親としての罪滅ぼしですね。あるいは、私の自己満足かもしれません」

小深山さんは自嘲気味に笑ってみせたが、俺の目には少し寂しそうにも見えた。

「真嶋くんは、ご両親をどう思ってますか？」

「うちも似たような感じです。親父《おやじ》と義母《はは》が仕事人間で……」

とはいえ——

「でも、両親を恨んだことは一度もありません」

「え？」

「親父には、小さいころ、休みの日はたくさん遊んでもらいましたし、一緒に銭湯に行くのも好きでした。義母も仕事で忙しいのに、家事はストイックにこなすし、朝は早起きして俺と晶のお弁当をつくってくれます。そんな両親に俺は甘えてばかりで……」

「そうですか……」

「はい。両親からは、仕事は大変だけど同時に尊いものだということも教わりました。家族のためにという気持ちは、すずかちゃんにも伝わっていると思います」

そう伝えると、小深山さんは少しほっとしたような顔をした。

「素敵なご両親ですね。では私も真嶋くんのご両親を見習って、今日はすずかを目一杯甘やかしたいと思います」

俺たちが笑顔になっていると、不意に俺の腰に重みがかかった。

みたらし団子を食べ終わったすずかが抱きついていた。

「ん？　……どうしたの、すずかちゃん？」

「えーっとねー……うーんと……」

もじもじとしてなかなか言い出さない。なにか俺にお願い事でもあるのだろうか。

「兄貴、すずかちゃんがおんぶしてって」

「え？　そうなの？」

すずかは気恥ずかしそうにコクンと頷《うなず》いた。

「よし、わかった。――小深山さん、いいですか？」

「でも、今は修学旅行中ですし、これ以上は……」

小深山さんが遠慮がちに止めようとした。

「いえ、今は自由行動の時間で、ちょっとだけなら……いいですか？」

「……はい、真嶋くんが良ければ」

許可を得て、俺はすずかをおぶった。

すずかを持ち上げると、ギュッと首筋にしがみついて楽しそうにしている。

前より少し重たくなった気がした。子供の成長は早い。前に会ったときは、たしか幼稚園児だったから、今は小学一年生のはず。そのうち晶ぐらい大きくなるのだろうか。

「すずかちゃん、どっちに行きたい？」

「じゃあ、あっち！」

ゆっくりと慎重に歩くと、背中で喜ぶ声がした。

まだ甘えたい年ごろだろうし、甘えられるのは嫌いではない。

——ただ、なぜか。

なぜか、そのとき、漠然と胸の奥がざわついた。

この感覚を知っている。

藤見之崎温泉郷《ふじみのさきおんせんきょう》に行った折、夜の山道に入る直前に感じた、あの漠然とした寂しさだ。

振り返ってみる。晶《あきら》と小深山さんが笑顔でこちらを見ながら立っている。

すずかが二人に手を振る。楽しそうだ。

それなのに、どうして俺は、こんなに寂しい気持ちになるのだろう――

今なら間に合う、だから引き返せと、もう一人の俺が言っているような気がした。

＊　＊　＊

すずかを背中から下ろしたあとのこと。小深山さんたちは用事があると言って、先に去ることになった。

「じゃーねー、涼太《りょうた》おにいちゃん！　晶おねえちゃん！」

「それじゃあ、またいつか。二人とも、お元気で――」

手を繋《つな》ぎながら笑顔で去っていく小深山親子を、俺と晶は手を振って見送った。

「行っちゃったねー」

「ああ、うん……」

「どうしたの、兄貴？」

「なんか……いや、なんでもない」

――なんだったんだろう、さっきの感覚は……。

すると晶は微笑を浮かべた。

「すずかちゃん、僕のあげたヘアピンまだつけてたよ。だからまた会えるって」

「そっか……そうだな」

そういう寂しさとはべつの感覚だ。ただ、俺は胸の内の複雑な気持ちを振り払うようにして、笑顔をつくった。

するとそこに、光惺《こうせい》たちがやってきた。

「ここにいたのかよ？　……って、晶がなんでいんの？」

光惺に訊《たず》ねられたので、とりあえず晶がさっきまで芸能神社に行っていて、ここに立ち寄って偶然会ったと伝えた。光惺は「ふぅん」と言って、晶の顔をじっと見た。

「……お前、狙ってただろ？」

「な、なんのことですか～……」

「芝居下手クソか、この『大根』……」

「せめて『役者』までつけてくださいーっ！」

すると結菜《ゆいな》が、晶の頭を見て微笑《ほほえ》みかける。

「やっぱりその髪飾り、よく似合ってる」

「月森《つきもり》先輩が選んでくれたんですよね？　ありがとうございます」

「え？　ううん、私じゃなくて──」

「そ、そうそう！　結菜が選んでくれたんだ……！」

と、俺は慌てて横から入った。……よし、俺が選んだことはバレてないな。

すると今度は、星野《ほしの》が「そうだ」と明るい顔で言った。

「晶ちゃん、このあとの予定は？」

「えっと、特にはないですけど……」

「じゃあさ、せっかくだし一緒に回ろうよっ！　芸能界のこととか聞きたいし！」

「え⁉　えっと、僕は～……」

「いいじゃんいいじゃん！　みんなも賛成だよねっ⁉」

星野がリーダーシップをとっている以上、俺と光惺はなにも言えない。

「それ、いいかも。一緒に行こ、晶ちゃん」

そう言って、結菜は晶の手を取った。

──あ、やっぱり深い意味はなかったんだ……。

なんだかほっとした。

仁和寺《にんなじ》で俺の手を取ったのに、やはり特別な意味はなかったようだ。

そこで星野が「よし決まり！」とパンと手を叩《たた》いた。

「とにかく、時間なくなっちゃうから早く移動しよ？　晶ちゃんも一緒に行こ？」

「あの……お邪魔じゃなければ……」

「そうこなくっちゃ！　よし、清水寺《きよみずでら》へ行くぞーっ！」


こうして俺たちは晶を連れて五人で清水寺へと移動した。

晶は星野と結菜のあいだに挟まれて楽しそうにしていた。俺と光惺はその後ろをなんとなくついていく感じで、楽しい雰囲気のまま五人で過ごした。

――明日のアニバは……やっぱり新田《にった》さんにお任せしよう。

たくさん遊んだら、明日のＣＭ撮影は俺抜きでも頑張れると思うし、俺自身の不安もなくなると思うから――


ちなみに晶が今日どこに泊まるのか、清水寺でこっそり聞いてみたところ――

「兄貴と同じホテルだよ」

……だろうな、とは思っていた。

「位置情報共有アプリ、入れる意味なかったな？」

「ん～～……えへへっ♪」

＊＊＊

——その夜のこと。京都見物も無事に終わり、俺たちはホテルに戻ってきた。

夕飯のメインは京風すき焼きで、関東風とは違って、これがまた絶品だった。

夕飯を済ませたあとは各自の部屋へ。俺と光惺は同室で二人部屋。光惺は風呂《ふろ》に入ったあと、消灯時間よりも先に「もう寝る」と言ってすぐに布団《ふとん》に入った。

「俺、ちょっと出てきていいか？」

「……晶と一緒だろ？」

「うっ……!?」

こいつ、核心をついてくるな……。

「あっそ……行け行け。俺はもう寝る」

「わかった、じゃあ俺は——」

——行ってくる、と言おうとしたら「あのさ」と急に遮られた。

「なんだ？」

「……どうでもいいけど、月森の件はどうすんの？」

「え？　結菜の件って、なにが……？」

布団の中から大きくため息を吐《つ》くのが聞こえた。

「この旅行中にきちんと月森と話せ。そんだけ」

「なにを？」

「いろいろ……んなもん、自分で考えろって……」

光惺は不機嫌そうにそう言うと、一気に掛け布団を頭まで被《かぶ》った。

──きちんと話せって、なにをだよ……。

晶のことはズバッと言うくせに、歯切れが悪い。

俺はやれやれと思いながら、部屋の明かりをフットライトだけにしておき、静かに部屋を出て玄関へ向かった。

──結菜と話せ、か……。

やっぱり恋愛関係の話か……いやいやいや……。

とりあえず、仕事のことでなにか問題を抱えていそうだったし、もし結菜が話してくれるなら相談に乗りたい。

# 第6話「じつは義妹と京都の夜を楽しみまして、そのあとホテルにて……」

京都は俺たちの住んでいるところよりだいぶ気温が高く、六月前の夜なのに20℃を超えている。半袖でも十分なくらいだった。

ホテルのロビーに着くと、晶はソファに腰掛けてスマホを弄《いじ》りながら静かに待っていた。

俺は少し驚いた。

白い長袖のニットに台形ミニスカートを合わせていた。日中とは違った格好で、なんだか気合が入っている気がしなくもない。……どうしよう、緊張してきた。

「わざわざ着替えたのか？」

「うん！　日中歩き回ったから汗かいちゃって。……あと、兄貴とデートだからね♪」

思わず胸が高鳴ってしまう。……いや、わざと高鳴らせにきたのだろう。

俺はその手には乗らないぞとそっぽを向く。

「……じゃ、行くか」

「あれ〜？　デートってところにツッコまなくていいの〜？」

「ほら、行くぞ……！」

俺は、真っ赤になった顔を見られないようにしながら先に出た。

が、なんだかこれから振り回されそうな、そんな予感がする。

ニコニコと追いかけてきた晶《あきら》は、ホテルを出た正面の入り口のところで腕を組んできた。

これがもし有名な女優で、ホテルの前に記者が待ち構えていたら――そんな想像をすると、かなり冷や汗ものである。

＊　＊　＊

ホテルから新京極《しんきょうごく》商店街までは徒歩五分。

多少人目を気にしながら歩いたが、晶はいたっていつも通りに甘えてくる。俺としてはなんだかフワフワと足元が落ち着かない。

ここが京都だからか、修学旅行中で同級生がいるからか、夜だからか――

所変われば品変わるというように、普段の習慣も今はとても恥ずかしい。心臓がドクドクと脈打ち、変な汗が流れ出る。

ところで、晶の可愛《かわい》さは関西でも受け入れられているようで――

「あの子、めっちゃ可愛ない？」

「スタイルええなぁ」

「ラブラブやん」

「ええなぁ、あの彼氏さん」

「てか、彼氏さん緊張してへん？」

――彼氏じゃないっつーの……。

通りすがる人たちから晶への称賛が聞こえてくる。

レッスンで綺麗《きれい》な姿勢の維持の仕方を学んだ晶は、背筋をしゃんと伸ばし、歩き方まで綺麗になっているから、余計にそう見えるのだろう。

出会ったころの晶は自信がなさそうに猫背で歩いていた。いわゆる『借りてきた猫モード』。それが今では堂々と胸を張って歩いている。……胸も若干大きくなってないか？

もともとスタイルはいいのだが（それを知っている俺もアレだが……）、バストをグイッと強調させているので、さらにスタイルが良く見えた。

並んで歩く俺としては、非常に気恥ずかしい。なんだかこっちが猫背になりそうだ。

晶は、そんな俺の心境を知ってか知らでか、嬉《うれ》しそうに、

「僕ら、ラブラブに見えるんだって？」

と、耳打ちしてきたが、

「あーあ……兄貴に修学旅行を楽しんでもらいたいとか言いながら、けっきょくこうやっ

て兄貴のこと独占しちゃってるなぁ……」

と、少し反省した顔になる。

「あのさ……そう思うんなら、くっつくのはナシにしないか？　結城学園《うちの》の生徒もその辺にいるから……」

するとにはニヤニヤしながら「えー？」と言って、余計にくっついてきた。

「ここまできてそれはナシ」

非常に困った。最近俺の兄力《あにぢから》（？）が低下しつつある……。

「いや、いくらなんでも堂々としすぎてるって……。もうすぐデビューなんだし、もっと周りの目を気にしたほうがいいって……」

すると晶はフフンと笑った。

「兄貴、なにかお忘れじゃないかい？」

「忘れる？　なにを？」

「僕らは兄妹《きょうだい》なのです！」

ふむ……知ってる。

「……だから？」

「僕からすれば、兄貴は兄貴で、僕のマネージャーさんで、大好きな異性なのです。時と場合に応じて切り替えればオッケーってことで、今は兄妹モード」

「兄妹モード？」

「体面的には兄妹。でも、本質的には大好きな異性ってところがポイントだよ」

だいぶ呆《あき》れた。

なんて小賢《こざか》しい義妹《いもうと》なのか。

「俺は良くないと思うよ、そういうの……。そこそこ育った男女が腕を組んでいて、知り合いに会って『兄妹です』って言っても、かなり微妙な空気になるだろ？」

「そうかなぁ？　妹と腕を組んでたって、仲良いなぁくらいにしか思わないって」

「さすがに良すぎだろ？　だいいち、修学旅行の夜に義妹同伴って……」

非常に気まずい。

なんで義妹がいるの？　と問われたら説明にかなり困る。

「すごく義妹が好きなんだねってにこやかに見られるんじゃないかな？」

「すごく義妹が好きなんだねって冷ややかに見られると思うぞ、たぶん……」

それこそ西山《にしやま》とか西山とか、あと西山あたりが「修学旅行に連れて行くなんて、さっすが規格外のシスコンですね」と曲解しながら言ってきそうだ。……あの西山め。

——あ、演劇部へのお土産……。

西山のついでに思い出したが、このあと演劇部のみんなにお土産を買っておこう。

生八つ橋は苦手な人もいるだろうから、抹茶のラングドシャとかみたらし団子も買っておこうか。

西山個人に対しては……木刀とかでいいよな？

＊　＊　＊

新京極商店街に着いた。

いちおう夜歩きで許されているのは、ここと四条河原町《しじょうかわらまち》あたりまでと決まっている。

おおよその生徒は四条河原町へ行ったのか、結城《ゆうき》学園の生徒らしき人は見えない。俺は少しほっとしながら、けれど油断大敵といった感じで、もう一度気を引き締めた。

「ねえ兄貴、あのお店に寄ってみない？」

晶が指差したのは、射的のお店だった。

なんというか、明るい趣。店の前には二段重ねのガシャポンマシンが置かれ、奥にはアニメ系のヌイグルミやフィギュアなどが所狭しと並んでいる。

店内に入ってしまえば、表を歩くより目立たないか――

「じゃあ行くか」

「うん！」

さっそく店内に入り、お金を払っていざ射的。

「兄貴、やったことあるの？」

「もちろん。──ここは俺に任せておけ」

と、俺はフフンと得意げな表情を浮かべる。

「あ、その顔知ってる……。それ、絶対ダメなパターンのやつだ……」

「変なフラグ立てるなよ……。これでも親父《おやじ》からゴレゴって呼ばれてたんだぞ？」

「……誰それ？」

「気になるならググってみろよ」

とある漫画の主人公で、命中率99・9％の男だ。……漫画は読んだことない。

昔、親父と縁日の屋台でやった日、初めて景品を落としたときに親父からそう呼ばれたことがあった。……俺、あんなに無表情じゃないけどな？

ブランクは八年ほどあるが、まあ当てるくらいならいけるはず。

すると、スマホで検索し終わった晶が、画像を見て可笑《おか》しそうに笑った。

「たしかに顔が兄貴そっくり！」

「いや、似てねぇだろ？　俺、こんな顔濃くないからね？」

――とまあ、気を取り直して。

玉《コルク》は五発。当てて、景品を落とすか倒せばもらえるようだ。

俺はコルク銃を持ち、カウンターにグッと身を乗り出して狙いを定め――

パン！　――ガシャ……パン！　――ガシャ……パン　――ガシャ……パン……――

「ふぅ～……」

俺はひと仕事終わったあとの顔をした。

「……かすりもしなかったね？」

「……チョーシノッテ、スミマセンデシタ」

五発とも外れ。俺は命中率０・０％の男だった。

ある意味「０《ゼロ》」とか無能力者とかもカッコいいとは思うが……うん。俺の真の実力は数値化できないということにしておこう。

「じゃあ次は僕の番だね」

「シューティングゲームとは違うからな？　よく狙ってコルクの軌道を――……っ⁉」

俺は慌てて晶の背後に回った。

「ん？　どうしたの、兄貴？」

「いや、まあ……頑張れ」

晶は気づいていなかったようだが、尻を突き出したせいでスカートの中が後ろから丸見えだった。

さすがに無防備すぎる。ミニスカを穿《は》いている自覚がないのか？

とりあえず俺は、紳士的に晶の後ろに回って、店の外から見えないようにフォローした。

よって、俺の位置からは丸見えなのだが、なるべく見ないように心がけた。

「じゃ、いくよー……──」

パン！　──ガシャ……パン！　──ガシャ……パン　──ガシャ……パン……──

結果は五発中四発命中。

うち、三発が落とすか倒すかしたので、あっさりと景品を三つゲットした。

「ふぅ～……どうだい、僕の腕前は？」

「すげぇな……」

「今日から僕のことはゴレゴって呼んでいいよ?」

なんだか悔しいが、まあ仕方ないか、晶《あきら》だし……と、妙に納得した。

「よし、ゴレゴ。次の店に行くぞ?」

そう言うと、晶はかなり微妙な顔をした。

「えっと、やっぱその呼び方はナシの方向で……」

＊＊＊

射的の店から少し歩いたところで、今度は白いガシャポンマシンが並ぶガチャ屋さんを見つけた。なんとなく気になって入ると、

「——あ! 兄貴! エンサムのガチャがあるよ!」

晶は目ざとくも速攻でそれを見つけた。

デフォルメ化されたエンサムシリーズのキャラクターストラップ、全八種類。

晶が欲しいのはもちろん——

「琴《こと》キュンがあるよっ! 琴キューン!」

——だよな?

琴キュンこと中沢《なかざわ》琴の景品を見つけて、晶の目が一段と輝いた。

「兄貴！　これやりたい！」

「まあ、やってみたら？」

「しゃっ！　気合入れて回すぞーっ！」

と、さっそく晶はお金を投下して慎重に回す。

「琴キュン来い！　琴キュン！　僕の愛の力を、いざっ……！」

——ガシャ。

真っ白なガチャ玉をパカッと開けて中から出てきたのは——

「おおっ、桂小五郎《かつらこごろう》か！　渋いなぁ～」

「…………あげる」

「って、おい……目当てのものじゃないからってそんな冷めた目をすんなよ……」

晶の琴キュンへの愛はたまに怖いときがあるが、今がまさにそのときだ。

いいじゃないか、桂小五郎……俺は好きだぞ。

「兄貴もやってみてよ？」

「いいけどさ、俺、こういうのは——」

――ガシャ。

真っ白なガチャ玉をパカッと開けると――

「えぇっ⁉」

「琴キュンだーっ⁉」

俺たちは同時に驚いた。

さっきまで命中率０・０％の男が、なんと一発で琴キュンを引き当てたのだ。

「あ、あげる……」

「やったぁ！　兄貴すっご！　さすが強運の持ち主っ！」

嬉《うれ》しいことは嬉しいが、うーん……。

やるぞと意気込んだときはダメなのに、どうしてなにも意識していないときにこういうミラクルが起きるのだろうか。

「たぶん、今ので今週の運を全部使ったな……」

「うぇへへっ、琴キュン琴キュン♡」

……ま、晶が笑顔ならそれでいっか。

＊＊＊

ガチャ屋さんを出たあと、演劇部や親父たちへの土産を選んだ。二人で過ごす時間はあっという間で、そろそろホテルに戻らなければいけない時間になっていた。

その道すがら、俺はぼんやりとこんなことを考えた。

――晶がこのまま有名な女優になったら、こんな感じで出歩けなくなるんだろうな。

まだそうなるとは決まっていない。

けれど、そうなっていくんだろうという見通しは立っていた。

じつは、晶には話していないことがある――

フジプロA――新田《にった》さんの周辺では、大型新人が入ったという噂《うわさ》で持ちきりだ。

今受けているレッスンも、本人が聞かされていないだけで、いきなり上級者コースに放り込まれている。過剰な周囲の期待はプレッシャーになるからと、俺や新田さんはそのことを伝えていない。

ただ、レッスンの講師さんから聞くところによれば――すでに普通の新人の演技力から逸脱していて、実力派の役者の演技にかなり近づいているそうだ。

今まで見てきた生徒の中でも、ポテンシャルがとても高い、とも。

そして明日は、全国のお茶の間に流れるCMの撮影。その後の仕事も、じつは着々と決まりつつある。


――こんな無邪気なのに、本当にすごいやつなんだよな……。

晶がどんどん遠い存在になっていくのは、兄としてちょっとだけ寂しい気持ちもある。

けれど、俺はサブマネージャーとして陰で支えると決めた――


「着いたな」

「うん……」

ホテルの前に着くと、晶はちょっとだけ寂しそうな顔をした。そして、そっと俺の胸に顔を埋《うず》め、ギュッと抱きしめてくる。

「……まっすぐにお部屋に戻っちゃうの？」

「まあな……」

すると晶は俺の耳元でそっと囁《ささや》く――

「このまま僕のお部屋に泊まらない？」

俺の心臓がドクッと跳ね上がった。

「あ……アホ！　それしたら困る人たちがいるから！　消灯の見回りもあるし……！」

言い訳っぽくそう言うと、晶はクスッと笑って、すっと俺から離れた。

「なーんて、今のはお芝居だよ～」

「……お前、西山《にしやま》に似てきてるぞ？　せっかく鍛えた演技力を、こんなところで無駄に使うなよ……」

声が上擦る。早口になる。動揺していることを悟られないようにしたいのに。

──俺もレッスンを受けさせてもらったほうがいいのかな？

こういう誤魔化すことに向いていないと、つくづく思い知らされる。

晶はにししーと笑って、動揺したままの俺に半歩近づいた。

「じゃあさ、最後に幸運のおまじないして？」

「なんだそれ？」

「僕が明日の撮影で頑張れるようにって──」

と、晶は目を瞑《つぶ》り、「ん～」と唇を差し出してきた。

いつもの冗談のような、試すようなキスするフリを見て──

「なんて、今のも冗だ……——っ⁉」

俺は晶にキスをした。……おでこに。

「あ……兄貴……」

晶は信じられないという顔で額を押さえ、耳まで真っ赤にしている。

「こ……幸運のおまじないだ……！」

いろいろ譲歩したとはいえ、俺ものすごく恥ずかしい……。

「あの、えっと、ありがと……これ、運気がめっちゃ上昇したかも……」

「お、おう！　じゃ、明日の撮影頑張れよ……！」

「兄貴、ありがと……。僕、明日の撮影頑張る！」

俺は無理やり笑顔をつくっておいたが——ああ、ダメだ……。

最近の俺は、兄力がどんどん低下していっているな……。

ただ、この日の夜は、まだ終わらなかった——

# 第7話「じつは修学旅行の夜はまだ終わらなくて……」

なんとかギリギリセーフでホテルへ戻ると、エレベーターホールで晶《あきら》と別れ、俺は自動販売機コーナーに飲み物を買いに向かった。

さっきのキスの一件で、かなり緊張して喉が渇いていたのもあるが、飲み物を買うことを口実にして晶といったん距離を置きたかった。

すぐに炭酸飲料のプルタブを開け、渇いた喉を一気に潤しながら、いったん冷静になってさっきのことを振り返ってみる。

――さっきの、新田さんの言ってたご褒美《ほうび》的なのってことでいいんだよな……。

『きちんと頑張ったご褒美をあげなさいってこと。今の中途半端《ちゅうとはんぱ》な関係じゃダメ。あの子は大好きなあなたに認められたくて頑張っているわけなんだから』

先払いだが、あれで晶を満足させられたのなら――いや、そうじゃない。今のは自覚的な言い訳だ。あれは、完全に、俺から思わずやってしまったことだ……。

だいぶ反省しながらスマホで時間を確認した。

現在の時刻は二十一時過ぎで、消灯時間は二十二時半。

これから部屋に戻って寝る準備をする。光惺《こうせい》はとっくに寝ているだろうし、起こさないようにして風呂《ふろ》に行かないと――……風呂？


――しまった……⁉


俺は、ラウンジのそばで、はたと立ち止まった。

完全にあることを忘れていた。大浴場の利用時間である。

生徒が大浴場を使っていいのは二十一時までで、つまり今からの時間は、各部屋にあるユニットバスを使用しなければならない。

べつにそれでもいいのだが、だだっ広い大浴場にグイッと足を伸ばして浸《つ》かりたかったし、なにより、すでに疲れて寝ているであろう光惺にも気を使う。

――まあでも、光惺を起こしてしまうかもしれないけど、仕方ないか……。

なんだか残念に思いつつ、俺がとぼとぼとエレベーターに向かって歩き始めると、

「あら？　お客様、どうされました？」

後ろから声をかけられた……のだが――

「え⁉　あなたは……⁉」

「お客様、もしかしてっ……⁉」

俺はそこで運命的な出会いを果たした。

なんと、声をかけてきた従業員の方は、家族旅行のときにお世話になった旅館『いとう屋』の、ナカイのオカミさんだった。……相変わらずややこしい。

「えっと……仲居の岡見《おかみ》さんですよね？」

「いえ、今は板前《いたまえ》です」

「えっ⁉　厨房《ちゅうぼう》で働いてるんですか⁉」

「いえ、あの……じつは『板前』という方と今年の三月に入籍しまして」

「はぁ……？」

板前というのは名字だったのか……。

「それで、なんでこのホテルに？」

「はい。板前の実家がここでして、今は若女将《おかみ》をやっております」

……ふむ。混乱してきたぞ。

つまり、岡見さんは板前さんという名字の方と結婚し、旅館『いとう屋』を辞めて板前さんのご実家であるこのホテルで現在は仲居ではなく若女将をやっているということか。

……さらにややこしくなったな。なにかに書かないとわからないレベルだ。

「あなたはたしか、妹様を女にしたお兄様……真嶋《まじま》様でしたね？」

「その覚え方はやめてください……。あと、してませんから！」

「ふふっ……そのことは他言しておりませんのでご安心を」

なんだその「わかってますから」という顔は……？

「いや、本当に違いますって……」

俺が呆《あき》れていると、岡見さんもとい若女将の板前さんが「ところで」と話を変える。

「真嶋様、お困りのようですがどうされました？」

「それが、大浴場の利用時間を過ぎてしまいまして……」

「なるほど……あ、でしたら貸切風呂『つるひめ』などございますよ？」

「え？　いいんですか？」

すると板前さんが妖艶《ようえん》な笑みを浮かべ、声を潜めた。

「……こっそりとなら大丈夫です。必ず表の札をひっくり返し『入浴中』にして、鍵をかけておいてくださいね？」

「は、はぁ……？」

——なんで悪いことをするかのように言ったんだ、この人？

まあ、でも、考えてみればそれもそうか。

俺はこの修学旅行で最大の禁忌を犯しそうになっている。

一人だけ貸切風呂に入るという贅沢《ぜいたく》。風呂好きには願ってもないこと。

けれど、修学旅行で団体行動を無視するのはさすがに——

「『つるひめ』……何階にありますか？」

「五階でございます。ごゆるりと……クスッ」

——どうしても俺は、この誘惑に勝てなかった。

＊＊＊

俺は緊張しながら五階フロアに向かった。

見つかってはならないという焦《あせ》りと興奮が足を早めた。

抜き足、差し足、忍び足——果たして、貸切風呂『つるひめ』の前までやってきた。見つかりはしないかという焦りはあったが、看板を見るだけの冷静さはある。

——よし！　札は『空いています』になっている。鍵も空いてるぞ——……。

俺は急いで中に入り鍵をしめ、いそいそと服を脱いだ。

消灯時間まで約一時間ある。肩まで浸かり「くはぁ〜」と伸びれば、旅の疲れと一緒にこの後ろめたさも溶けて消えていくだろう。……そうだ、きっとそうに違いない！

俺は開き直るようにして自分に言い聞かせつつ、左手に持ったタオルを左肩に投げるようにかけた。鏡に映った自分が、さながらダビデ像のようなポーズに見える。

——羊飼いの少年ダビデ、巨人ゴリアテを投石器ひとつで倒した英雄ダビデよ、いざお風呂に行かんっ！

そうして俺は、意気揚々とガラッと浴室の扉を開け、

「『つるひめ』……いただきまぁ——————」

「……涼太《りょうた》？」

「ぁ——ぁあ、あ、あ……………………ん？」

……幻聴か。

それにしてもこの声、なんだかとっても聞き覚えがあるなー……——

「って、結菜《ゆいな》っ……!?」

俺は一瞬にして青ざめた。

心の底まで一気に湯冷めするような、そんな恐怖にも似た感覚。

なんと、湯けむりの向こうに、肩甲骨《けんこうこつ》あたりまで浸かっている結菜がいた。

ところが結菜はひどく落ち着き払った様子で、俺のある一点をじっと見つめていた。

「……ごめん、見ちゃった」

と、急に真っ赤になって顔を逸《そ》らした。


「っ――――――――――!?」


慌てて隠したが、悶絶《もんぜつ》しそうなほどの羞恥。

なぜタオルで前を隠さなかったのかという恐ろしいほどの後悔。

そんな羞恥と後悔がいっぺんにやってきて、俺は真っ青になったり真っ赤になったりとせわしなく顔色を変えたが、一つだけ、なにがなんでもこれだけは、結菜に絶対確認しなければならないと思った。

「なんで入ってるんだ!?」

「……板前さんが入ってもいいって言ったから」

あ、の、ひ、と、はぁあああ〜〜〜〜〜〜〜〜……！

「だとしても、表の札もひっくり返してないし、鍵も、なんでっ……⁉」

「あ……忘れてた」

オウ、ジーザス……。なんてこったとしか言いようがない。

「ごめん……俺、すぐに出るからっ……――」

慌てて去ろうとしたら「待って」と引き留められた。

引き戸のガラスに反射して、結菜がザバンと立ち上がるのが見えた。

タオルで前を隠しているが、さすがにあれしきのタオルでは隠しきれない身体《からだ》のラインが、ぼんやりと曇ったガラスに映り込む。

俺はだいぶ慌てた。いったい結菜は俺を引き留めてどうするつもりなのだろうか？

「あの……じつは今悩んでいることがあって……」

「……へ？」

「相談、乗ってくれないかな……？」

……

…………

…………いいけど、このタイミングで？

＊　＊　＊

ゴリアテというペリシテ人の大男に対し、剣も武具もなく、ただの投石のみで立ち向かった英雄ダビデ——そんな彼も罪を犯す。
ある日の夕暮れのこと。王宮の屋上を散歩していたダビデは、美しい女性の水浴びを目撃する。彼女の名前は——

——月森《つきもり》結菜……じゃねぇっ！

思わず現実逃避しそうになってしまった。
いや、すでに俺は現実離れした状況にあった。
それにしても、どうしてこうなってしまったのだろうか——

「お湯加減、ちょうどいいね？」

「あ、うん……」

「たまには広いお風呂《ふろ》もいいよね？」

「そ、そだねー……」


——そう。

俺は今、結菜と一緒に風呂に入っている。……念のため、結菜の悩み相談に乗るからであると付け加えておく。

しかし——悩み相談なら本当は顔を見ながらのほうが良いだろうが、いかんせんそちらを向くわけにはいかない。

よって俺たちは、社会通念やコンプライアンスやアレやコレの諸々《もろもろ》の事情を意識しながら、背中合わせで一緒に風呂に入っていた。

——ところで、どうして結菜は平気でいられるんだろ……？

下に弟が二人いる。今はどうかわからないが、弟たちと一緒に風呂に入る機会もこれまでにあったのだろう。……だから慣れているのだろうか？

だが俺はクラスメイトだ、彼女の友人だ、血の繋《つな》がりなどない。まして、裸の付き合いをするような関係ではないし、少なくとも俺は平気ではない。

――いやいや、結菜は真面目に悩んでいるんだ……。

おそらく、かなり大きな悩みだ。

困難は分割せよ――そう教えてくれた結菜が悩むのだから、よほど困っているのだ。

その悩みを俺に相談したいと思ってくれたのならば、友人の一人として、俺は彼女の信頼に報いなければならない。

そうだ！　俺は信頼に報いなければならぬ。

今はただその一事だ。走れ、俺！

……いや、お風呂だし走っちゃダメか。

じゃなくて、邪《よこしま》な考えは捨てろっ！　煩悩《ぼんのう》を打ち払えっ！　煩悩退さ――

「一緒にお風呂に入ってると思うとドキドキするね？」

「はうっ……!?」

俺の真紅の心臓が胸を突き破って出そうになった。

「さっきは見ちゃってごめん……でも、その……弟たちがいて、だから……」

「い、いや、それはべつに、こちらこそなんかゴメン……あははは……」

ああ、このまま消えてなくなりたい……。

俺が風呂に沈みかけていると、結菜は「はぁ」と小さく息を吐いた。


「人生のことで悩んでいるの……」


てっきり仕事についての問題だと思っていただけに、俺はかなり動揺した。

むしろ、俺なんかがそんな大事な相談に乗っていいのだろうかとさえ思ってしまう。

「えっと、人生？　……うまくいってないとか？」

結菜は小さく「うん」と言った。

「私、これからどう生きるべきなんだろ……」

「て……哲学的だな？　いや、それについては俺自身もわかってないというか……」

俺は苦笑いだが……重い！　どう返せばいいんだ⁉

「事務所の社長からね、なにか新しいことを始めたら？　って言われたの」

「……ん？　新しいこと？」

なんだ、やっぱり仕事のことか、と俺は少しほっとした。

「これから先はグラビア一本だけだと厳しいだろうし、ほかにもなにか特技を磨いたり、テレビタレントとか、女優とか、そういう方面にチャレンジしてみたらって」

これはあくまで俺の勘だが、その社長からは、後押しというより、路線変更を提案されたのではないか。

あなたはグラビアだけでは売れない、という遠回しな言い方に聞こえなくもない。

だとすれば、賢い結菜がそのことに気づかないはずがない、か——

「結菜は深夜のテレビドラマに出たことがあるんだろ？」

「あれは、ほとんどグラビアのお仕事だった」

「そっか……」

結菜は建《たける》さんとCSのドラマに共演したことがある。

なんとなくわかっていたが、グラビアアイドルを全面に押し出すタイプのもので、演技力というよりも、女の子の可愛《かわい》さや露出を重視したコメディタッチのものだった。

ちなみに建さんは、結菜がバイトしているメイド喫茶の店長役。いちおうDVDやBlu-rayにはなっているが、売上は芳《かんば》しくないと聞いていた。

「だから、人生のこと——写真集とかもそんなに売れてないし、演技のほうもイマイチだから、どうしたらいいのかなって……」

「もしかして、北野天満宮《きたのてんまんぐう》で熱心にお祈りしてたのって……」

「うん、だから、そういうこと……私に道をお示しくださいって感じで。チャンスはたくさんもらったのに、なかなか生かしきれていないってわかってたんだ……」

結菜《ゆいな》の道、これからの人生か……——

いろいろわかったところで、俺は口を開く。

「いろいろなことにチャレンジしたことはすごいと思うけどな」

「……そうかな？」

「うん。そういう経験はなかなかできないし、チャンスをもらったってことは、それまでの頑張りを周りから評価されたってことだよ」

「…………」

「そもそも、自分になにが合ってるかなんてやってみないとわからない。うまくいかなくても、挑戦して、失敗して、それでも芸能界で頑張りたいって思えることはすごいよ。途中で諦めてしまう人もいるだろうから」

諦めることも前向きな一歩だとは思うが、結菜はこのまま芸能界でやっていきたいという思いがあるらしい。けれど、うまくいかないし、チャンスがあってもなかなかモノにできない。本人にとっては八方塞がりの状態なのだろう。

それでも、前向きに、前向きに——

「グラビアだって、体型を維持するのだって大変だったんじゃない？」

「……うん。ジムとかに通って、撮影前は食事制限もした」

「それは大変だったね？」

「うん、大変だった……」

「そういう頑張りがあったからテレビの仕事ももらえたし、事務所の社長さんも新しいことを始めたらって、後押ししてくれたんじゃないかな？」

正直そこまではわからないが、社長さんの言葉を後ろ向きに捉えるよりも、前向きに捉えたほうがよっぽどいいと思う。

すると結菜は、なにか考えているのか、しばらく沈黙していた。

少しでも前向きに考えてくれていたらいいのだが——俺はたまらずに口を開く。

「このこと、同じ事務所の人には相談してるの？　光惺《こうせい》や建さんには？」

「上田《うえだ》くんはそんなに親しくないし、建さんも忙しそうだから……」

「そっか。最近の光惺は真剣に考えてくれるし、建さんだってきっとなにか一緒に考えてくれると思う。俺だけの意見に偏らずに、一度いろんな人に相談してみたらいいんじゃないかな？　結菜のことだから、みんなきっと真剣に考えてくれるよ」

「……うん」

――もう一押しってところか。

「これは、晶《あきら》の話なんだけど……」

「晶ちゃんの話？」

「うん。どうして演劇部に入ったか、どうして役者の道に進んだか。発端は、自分を変えたかったんだって」

「自分を変えたい……？」

「うん。あいつ、結菜と出会う前はもっともっと人見知りでさ……知らない人の前だと借りてきた猫みたいになってたんだ。今はだいぶマシになったけど。そのままだと俺や周りに迷惑をかけるんじゃないかって思って、花音祭《かのんさい》の公演に出る決意をしたんだ。昔の建さんも人見知りで、演劇を通して克服したって聞いて……」

「それで、涼太《りょうた》が手伝うことにしたの？」

「まあ、俺はあいつの兄貴だからね？」

俺は苦笑いで言った。

「晶自身、さんざん迷って芸能界って道に進んだけど、これから先、結菜みたいに悩むことだってあると思うんだ。だから俺は、あいつのサブマネとして、そばにいてやりたいと思ったんだよ……」

けれどすぐに「いや」と俺は首を横に振った。今のもきっと、自覚的な言い訳だ。

「単純に、晶のそばにいたかっただけなのかも。俺はあいつにさんざん支えられてここまで来ているから、この先も、頑張るあいつのそばにいたいんだ」

俺の『先達』は晶だ。

俺の希望……やがてはみんなの希望になれるだけの才能がある人、そのための努力を惜しまない人。……兄として、男として、情けないかもしれないが。

結菜はどことなく納得した顔をした。

「そっか……涼太にとっての『先達』は晶ちゃんで、晶ちゃんにとっては涼太か……」

「そうかもしれないな——」

それがたぶん、支え合うってことなのかもしれない。実際、俺たちはそうやってここまでやってきたのだから。

「そういえば仁和寺《にんなじ》で、結菜は俺が『先達』だって言ってたよね？」

「うん。私にとっては涼太だけ」

「そう？　あははは……」

——そんなに大層な人間じゃないんだけどなぁ。弟と妹を間違えるくらいだし……。

「涼太は、どう思う？」

「ん？」

「私のこれから、芸能界の道……」

「俺が考えちゃってもいいの？」

「うん。でも私、特にこれといって仕事で生かせそうな特技はないかも……」

——結菜の、生かせそうな特技か……。

俺は結菜のことをじっと考えながら、一つだけほかに勝っているものを見つけた。

「前からずっと思ってたんだけど、結菜は声が綺麗《きれい》だ」

「え？」

「普段聞いてるときも、カラオケのときもそう思ったんだけど、歌声もすごく綺麗だった」

「そうかな？」

「うん。透き通るような声って言うのかな？　俺が今まで聞いた声の中では、一番綺麗で、耳心地がいいと思った」

「っ……!?　それは、さすがに……照れる……」

途端に恥ずかしそうに言う結菜に、俺は思わず苦笑した。

そもそも、こうして一緒に風呂《ふろ》に入っている時点で——いや、その前から恥じらってほしいところではある。どこかズレているが、まあ……そこも彼女の魅力だろう。

「だから、声を生かすっていうのもありなんじゃないかと思うんだけど、どう思う？」

「私の声……。声優とか、ナレーターとか、歌手……とか？」

結菜は思いつく限り、声に関する仕事を並べた。

なんとなく、それらのどれかがしっくりくる。

「ボイストレーニングの方法の違いはあると思うけど、その方向でも考えてみたらどう？」

「うん、少し考えてみる。ありがとう、涼太」

「こちらこそ。相談してくれてありがとう」

――さて、これにて相談終了。

あとはどっちかが先に風呂から上がるだけなのだが……結菜、どうした？　なぜ出て行かない？　ここからは我慢大会か？

そんなことを思っていると、音も立てずに水面《みなも》が揺れた。

そのとき、俺の肩甲骨《けんこうこつ》になにかがぶつかる。

結菜の背中だ。寄りかかるように、そっと背中を合わせてきたのだ。

「ゆ、結菜っ!?　あの、なにを――」

「なんだか不思議」

「……え？」

「こうして、涼太と仲良くなって、お風呂で悩み事を相談してるなんて……」

……たしかに。

今さらだが、俺もなんで結菜と風呂に入っているのか不思議で仕方がない。

ただ、結菜の口調はいたく穏やかだった。

悩みを打ち明けて、少しだけスッキリしたのかもしれない。

結菜は軽くコツンと俺の頭に自分の頭をぶつけてきた。天井を見上げているのだろう。

「建さんの言ってた通り、好《よ》い兄貴」

「そうか……？」

「うん。長女だからかもしれないけど、お兄ちゃんに憧れてた。いたら、きっと毎日こうして相談してたんだろうな……」

……お風呂に一緒に入りながら？

「晶ちゃんが好きになるのもわかる気がする」

「え……？」

「このままずっと、甘えていたい……」

「結菜、それは……」

「お願い、今だけ――」

そう言うと、結菜は身体《からだ》をこちらに預けてきて――

「お背中お流ししまぁ――――――す！」

……

…………

………………。

カポーン……――

「晶ちゃん、お肌が綺麗だね？」

「え？　あ……ありがとうございま……え？　――って、月森《つきもり》先輩⁉　あああ兄貴っ！」

二人でなにをやってるのさっ⁉」

俺は一気に青ざめた……お風呂で本日二度目。

「お前こそなんで入ってきたっ⁉　というかなんでここにっ⁉」

――いや待て！　入浴中の札はきちんと返し、鍵もかけてきたはず！

それなのに、なんで――

「だって板前《いたまえ》さんから、兄貴がお風呂に行ったたって聞いたから！」

「鍵は⁉」

「開けてもらった！」


あ、の、ひ、と、はぁあああ〜〜〜〜〜〜〜……！


「お背中を流そうと思って来たら月森先輩と……あ〜に〜き〜〜〜〜〜っ！」

晶が怒り出すが、俺たちのあいだにやましいことはなかった……はず！

「晶、違うんだっ！　これは、その……結菜《ゆいな》の相談に乗ってて……！」

「お風呂でっ⁉」

「涼太に相談に乗ってもらってたの」

「お風呂でっ⁉」

「うん。これからの人生について」

「お風呂でっ⁉　てか相談内容が重すぎないっ⁉」

俺と結菜がなにを言っても「お風呂で」という状況は変わらない。

この修羅場のような状況……俺は兄として、男として、どう切り抜ければ――

「そうだ、晶《あきら》ちゃんも一緒に入る？」

「ええ――っ⁉　ちょっとちょっと結菜さん⁉」

「は……入りますっ！」

「ええ――っ⁉　晶さんまでっ⁉」


――五分後。


「「「…………」」」

浴槽に、三人で並んで入っていた。俺を中心にして左右に晶と結菜。

……とりあえず、俺の状況が悪化したことだけはたしかだ。

結菜は澄まし顔だが、晶はお湯に口元を沈めてプクプクしながら不貞腐《ふてくさ》れている。

つい五分前、晶が背中を流すうんぬんの話をしたが、結菜がいつも通りすぎて、かえって俺は緊張していた。

――結菜、変な誤解してないよな……？

「やっぱり二人って仲が良いんだね？」

「え？」

「晶ちゃん、涼太《りょうた》の背中、いつも流してあげてるの？」

「はい、してます」

「ないない！　してもらってない……！」

――なんてこと言うんだ、この義妹《いもうと》は……。

すると結菜はクスクスと可笑《おか》しそうに笑った。

「やっぱり、涼太はこうでなくちゃ」

「え？」

「私は、二人と一緒にいられて楽しいよ」

……それは嬉《うれ》しいんだけど、やっぱりお風呂なのだ、ここは……。


――とまあ、そんな感じで。

そのあと誰にも見つからずに部屋まで帰れたのだが、結菜にはこのことを他言しないようにと、かたく言い含めておいた。

もちろん晶の機嫌も取っておいた。

別れ際《ぎわ》は笑顔だったので、とりあえず大丈夫だろう……。

# 第8話「じつは義妹の撮影がテーマパークでありまして……」

「アニバだ────っ！」

星野《ほしの》がゲートを通るなり、大きく腕を広げて声を上げた。

修学旅行二日目の大阪、俺にとっては初アニバーサル・スタジオ・カノンだった。

ちなみに、俺以外の三人は何度か来たことがあるらしい。テレビやYouTubeで見ていたよりも広く感じられ、テーマパークに来たぞという高揚感に包まれる。

ちなみに、本日は私服での行動になる。制服に別れを告げ、生徒たちは昨日よりも開放的な気分になっていた。

俺は晶と出かけるときの格好だが、光惺《こうせい》はそれなりにお洒落《しゃれ》な（このイケメンが……）格好だった。結菜や星野も動きやすくて可愛《かわい》い服を着ている。

そうそう、晶のことだが──

──撮影はもう始まっているな……。

一般の入場時間よりも前に始まり、今はスケジュールの三分の一くらいは終わっているだろう。夏休みに向けてのＣＭで、今は『アクア・ワールド』あたりにいるころだ。

タイミングさえ合えば、ちょっと覗《のぞ》きに行きたい気持ちもある。

「さっそく乗りまくろっ！」

楽しそうにはしゃぐ星野に続くようにして、俺と結菜と光惺は一緒に歩く。

「星野さんは慣れてそうだね？」

「うん！　小学生のときから年に二、三回は来てるかなー」

それなら任せても大丈夫そうだ。

ふと、隣の結菜に話しかけられた。

「涼太は来たことないの？」

「ないし、遊園地自体、そんなにって感じかな？」

「どうして？」

「待ち時間が長いって印象があってさ……」

一つのアトラクションに乗るために、二～三時間列に並ぶのはかなりしんどい。親父《おやじ》とスーパー銭湯に行くほうが楽しかったりもする。

「チッチッチー、それは誰と行くかが肝心だよ？」

星野がそう言うので、俺は「はぁ……？」と息を吐くように言った。

「仲の良い友達と行ったら、待ち時間も苦痛じゃないよ」

「仲の良い友達ねー……」

なんとなく光惺を見たが、

「「ないないない」」

と、お互いに拒否し合う。せめてひなたなら——いや、それもだいぶ気を使いそうだ……。とりあえず光惺はナシ。

すると星野はポッと頬を赤らめる。

「あとは……カップルで、とか？」

「星野さん、彼氏できたことあるの？」

「……真嶋《まじま》くん、やっぱこの話はナシにしよ？」

「そうだねー……」

どうやら余計な一言だったようだ。気をつけよう。

しかし、よくよく考えてみればこの四人……誰とも付き合ったことのない人間で構成されたグループなのでは？

俺はもちろん、光惺もないし、結菜も誰かと付き合ったことはないそうだ。そして星野への確認は今終わったばかり。……まあ、恋愛だけが青春とは限らない。

最近のアンケート調査によれば、高校生に現在恋人がいるかという問いをしたところ

「いる」と答えたのが約15％、「いない」と答えたのが約85％とのことだ。今までに交際したことはあるかという問いには、「交際したことがない」と答えた高校生が50％弱。

つまるところ、高校生で付き合っている相手がいるほうがマイノリティだ。

そして、なぜそのデータを俺が持っているかということについては、フジプロAの社内研修で学んだからであって、けっして俺が積極的に調べたわけではない。仕事に必要なデータなのだ……。

「てかさー、結菜、なんか朝からご機嫌だねー？」

「そうかな？」

結菜は俺を見てニコッと笑う。

「……じつは昨日お風呂《ふろ》で」

「っ――――――!?」

途端に羞恥で真っ赤になってしまった顔を、俺は慌てて逸《そ》らした。

「え？　なになにー、お風呂でどうしたの？」

「クスッ……秘密」

「えーっ!?　逆に気になるよそれーっ！」

星野が結菜《ゆいな》に絡《から》み出す。光惺はそれを呆《あき》れた顔で見つめている。

そのあいだ、俺は昨夜のことを思い出してひどく動揺していたが、なんというか――結菜はこういう悪戯《いたずら》的なのをやるタイプだったのか？

「くすぐったい。やめてよ千夏《ちか》」

「いいね、その笑顔、可愛い！　――はいピース！」

「ピース」

来るときの新幹線とは打って変わって、結菜の表情は明るかった。昨晩、悩みを打ち明けられたのが良かったのかもしれない。……俺としてはかなりバツが悪いけれど。

「今度はWピースで！」

星野と結菜がピース同士を合わせて「W」の字をつくって自撮りする。

「いいね！　――じゃあ今度は光惺くんと真嶋くんで！」

「「え……」」

なんで俺らまで、という疑問をよそに、俺と光惺にスマホが向けられた。

「はい！　Wピース！」

「「……Wピ――ス」」

もちろん、やったことはやったが――俺たちは完全なる無表情だった。

＊＊＊

今日は平日だからか、一時間に一つのアトラクションに乗ることができた。

アニバ名物の『ザ・フライング・ダイナマイト』で空中を飛ぶような爽快感を味わったあとは、『ターミ義姉《ねえ》ちゃん』という4Dシアターに行った。

俺にとって人生初の4D体験。大迫力の3D映像もさることながら、音響、照明に加え、風圧や振動、水しぶきなどの特殊効果がすごかった。

ただ、臨場感が俺には圧倒的すぎた。

義姉ちゃんの顔が画面から飛び出てきたときはだいぶ驚いたが、さらにその顔面がキスの距離まで近づいてきたときは、もはや恐怖でしかなかった。

義姉《あね》は強すぎる。義妹《いもうと》くらいが俺にはちょうどいいのかもしれないと思った。


――と、そんな感じで。

アトラクションはもちろん楽しかったし、以前は苦痛だと思っていた待ち時間は、星野の言う通り、四人で談笑したり、写真を撮ったりしていたらあまり気にならなかった。

おそらく光惺と二人きりだったら「まだかよー」とギスギスして、最終的に無言戦争に発展していたかもしれない。

やはり、結菜と星野が一緒にいるから楽しいのだと思う。

女の子同士の会話——考えてみれば、普段晶《あきら》とひなたが話しているのを聞くだけでも面白い。結菜と星野の心地よい会話も、そばで聞いているだけで、誰かと一緒にいるという嬉《うれ》しさや安心感を与えてくれるからだろう。

修学旅行はグループメンバーも大事なのだと思った。


「次は待ち時間少ないし、あれにしよっ！」

星野が指差したのは『アクア・ワールド』。海上に浮かぶSFチックな浮遊都市を舞台に行われる、アクション満載の水上スタントショーだ。

さすがに晶たちは撤収したのか、見回してもそれらしき人たちはいなかった。

（じゃあ、次はどこだっけな……）

スマホで晶の撮影スケジュールを確認してしまうあたり、俺はあまり修学旅行を楽しめていない気がして、スマホをすぐにしまった。

俺たちは運良く、三千席あるうちの、中央の真ん前に並んで座ることができた。

水しぶきに注意しないといけないそうだが、なんだかドキドキする。

そうしていよいよショーが始まった。

息を呑《の》む展開、激しいアクションシーンに、なかなか興奮させられる。

そうしているとバシャー、バシャーとたまに水しぶきがかかり、俺たちはそのたびに「うわっ！」「きゃあ！」などと楽しい悲鳴を上げる――

『きゃあ⁉　ビショビショになっちゃった……。もう！　兄貴だけ濡《ぬ》れてないなんてズルい！　一緒に濡れちゃえ～～～！』

――晶なら、たぶんそういうリアクションだろうな。

なんとなく妄想してしまって、なんだか一人で恥ずかしくなった。

そうして、ショーが終わったあとのこと、ちょっとしたハプニングがあった。結菜と星《ほし》野《の》が「楽しかったねー」と言っているあいだ、光惺《こうせい》がやけに静かだった。

「どうした、光惺？」

「ん？　いや、べつに……」

顔を逸らされてしまったが、なにかこいつにも悩み事があるのだろうか？

それとなく、俺は結菜と星野を見たのだが——

「うわー……濡れちゃった～……」

「そのうち乾くと思う」

「そのうちって……透けちゃって下着が……はっ⁉」

星野がガバッと胸元を押さえながら、顔を俺のほうに向けた。

「真嶋くん、見てたよね……？」

「えーっとですねぇ……はい……」

「しょ……正直にゅぅ——なぁ——っ！」

……こういうとき、俺は誠実さとはなにかを考えさせられる。

結菜はキョトンとした顔だったが、さすがグラビアアイドル、濡れ透けには慣れているのだろう。とりあえず……星野さん、なんかごめんなさい。

＊　＊　＊

ハラハラドキドキの『アクア・ワールド』を出たあと、俺たちは昼食をとるために、近くのレストランにやってきた。

――そろそろ向こうも休憩かな？

スケジュール通りだと、晶たちはいったん休憩をとるために控室に行ってるはず。

人生初のロケ弁はどんな味なのだろうか。楽しく食事をとっているのだろうか。一人で寂しく食べていないだろうか――などと、なんだか気になる。

すると星野が「あ、そういえばさー」と、話を切り出した。

「今、晶ちゃんの撮影やってるんだよね？」

「あ、うん。たぶん今は休憩中かな？」

「松本柑奈《まつもとかんな》ちゃんも来てるんだよねっ⁉」

星野の興味はそっちか。

「柑奈ちゃん可愛《かわい》いよねぇ……ちょっと見たいかも〜……」

星野が懇願するような目で俺を見てきた。

そのとき俺は、結菜のほうをチラッと見てそうか、と思った。

――柑奈さんと会ったら、もしかしたら……。

柑奈さんも相当苦労してあそこまでいった人だと聞いていた。もし会って話すことができたら、結菜の悩みもスッキリするかもしれない。

俺はスマホを取り出して星野に笑顔を向けた。

「柑奈さんと会えるかはわからないけど、マネージャーさんと連絡を取ってみるよ」

「え⁉　本当⁉　そんなことできちゃうの……⁉」

「わからないけど、とりあえず――」

そう言って、俺は新田《にった》さんに電話をかけた。

――一つ、明言しておく。

俺自身が晶に会いたいから、というわけではない、本当……。

＊＊＊

案外あっさりと「いいわよ」と言われてしまったので、俺たちは晶たちが控室として使っている場所の近くまでやってきた。

ただ、光惺は新田さんと顔を合わせたくないと言うので、その辺をぶらつくらしい。終わったら合流するとのことで、俺と結菜と星野の三人だけで向かった。

新田さんは割とラフな格好をして立っていた。一瞬新田さんかどうか迷ったが、先に向こうから「こっちよ」と声をかけられた。

いつもはスラッとしたパンツスーツ姿なのだが、今日はブラウスにジーンズを合わせている。ただ、一点一点はたぶん高価なものだろう。

「急にすみません、新田さん。晶のこともお任せしてしまって……」

「ほんとよ。本来なら、サブマネも一緒に来るはずだったのにね？」

「いや～、あははは……」

いつもの軽い冗談に、俺は苦笑いで返しておいた。

「撮影は順調ですか？」

「ええ、とってもイイ感じ。晶ちゃん、笑顔で飛んだり跳ねたりするシーンがあるんだけど、今のところは好調。いいお芝居をしているわ」

「良かった」

俺がほっと胸を撫《な》で下ろすと、新田さんは急にニヤついた。

「ところで涼太くん、『晶ちゃんのことばかり話してないで』そろそろそちらの二人を紹介してもらえるかな？」

――あ、この人今わざと言ったな……。

ニヤつく新田さんを睨《にら》んでおいて、俺は一つ「ゴホン」と咳払《せきばら》いをした。

「紹介します。クラスメイトの星野さんと、月森《つきもり》さんです」

「はじめまして。フジプロAの新田亜美《あみ》です」

「は、はじめましてっ……！　星野千夏《ちか》です……！」

星野は声がだいぶ上擦っていた。対して、さすがは結菜《ゆいな》というか、いつも通りの表情だ。

「はじめまして。月森結菜です」

「……あら？　あなたはたしか……」

「…………」

「……なんでもない。それじゃあ晶ちゃんたちを呼んでくるね？」

新田さんはニコッと笑いながら振り返り、そのまま控室のほうへ行った。

俺は少しだけほっとした。

結菜はまだ星野に、自分がグラビアイドルの『山城《やましろ》みづき』だと伝えていない。だから、新田さんが気づきかけたときに口をつぐんだのだと思った。

ややあって、新田さんが晶ともう一人、女優の松本柑奈さんを連れてきた。

星野は——すっごく目を輝かせている……。よほど柑奈さんに憧れがあるのだろう。

「あー、兄貴ぃーっ！　月森先輩！　星野先輩！」

いの一番に晶が俺たちのところに駆け寄ってきた。

「お疲れ様。新田さんが褒めてたぞ。いい演技してるってさ」

「えへへっ、嬉しいなぁ」

晶はニコニコと表情が明るい。どうやら撮影は順調のようだ。

そこに遅れて柑奈さんもやってきた。

「はじめまして、松本柑奈です。二十歳で女優をしてます」

「は、ははははじめましてっ！　星野千夏ですっ！」

「月森結菜です。はじめまして」

――星野と結菜の温度差がすごいなぁ……。

結菜はこういう人を相手にしても動じない。……まあ、業界人だし慣れているか。

柑奈さんを中心に、晶と結菜、星野が話しているあいだ、俺と新田さんは少し離れた場所に立っていた。とりあえず俺は、もう一度新田さんに頭を下げる。

「すみません、無理言って……」

「いいのよ、芸能界で生きていくためには、それくらいのパワープレイと行動力は大事」

新田さんはクスッと笑った。

「でも、まさかライバル事務所の子を柑奈ちゃんに会わせにくるなんてね。たしか、山城みづきちゃんよね、あの子」

「やっぱり結菜のこと、知ってたんですか？」

「まあね」

新田さんと、結菜たちのほうを見た。柑奈さんと晶《あきら》、それから星野がニコニコと話す様子を、結菜は横からじっと見ている。

ただ、結菜はいつの間にか尊敬する人を見るような目で柑奈さんを見つめていた。

――なにか、ヒントを掴《つか》めたらいいな……。

結菜の悩みが少しでも解消できたらいいなと思いつつ、しばらく彼女たちの様子を見ていた。


そのあと、柑奈さんが星野と意気投合したらしく、二人でだいぶ話し込んでいた。そのあいだ、俺と結菜と晶は、なにか甘いものが食べたいなという話をしていた。

晶が「ちょっと待ってて」と俺たちに言って、新田さんのそばに駆け寄る。

「新田さん、僕、ちょっと兄貴たちと見て回ってもいいですか？」

新田さんはクスッと笑った。

「そうね……開始十五分前には戻ってきてね？」

「わかりました！　ありがとうございます！」

俺と晶と結菜は、星野にひと言断ってから、その場をあとにした。

＊＊＊

「ん～、美味《おい》しぃーっ！」

アイスクリームショップの前のベンチ、俺と結菜に挟まれるかたちで座っている晶は、手にしたアイスを口に頬張りながら、とびっきりの笑顔を見せた。

その様子を、俺と結菜は微笑《ほほえ》ましく見つめていた。

「身体《からだ》が糖分を欲しがってたんだー」

「わかる。けっこう緊張するし、終わったあとにどっと疲れるよね？」

「そうなんです！　もともと美味しいアイスが、もっともっと美味しくなりますよね？」

晶と結菜がにこやかに話す。

俺もなにか話そうと話題を思い浮かべたが、

「そういえば人生初ロケ弁はどうだった？」

と、すごくどうでもいい質問をしてしまった。

「すっごく美味しかった！　なんかね、こっちで有名なお弁当なんだって！」

割とどうでもいい質問でも、晶は楽しそうに答える。

「そっか。良かったな？」

「うん！　──月森先輩、修学旅行楽しいですか？」

「うん」

「来年は僕の番か～……どこ行くんだろ？」

「今年は関西方面だったけど、沖縄とか九州の年もあったらしいよ」

「へぇ～、そっちもいいなぁ」

そんな話をしている二人を見ていると、なんだか微笑ましい。

最近の晶の良いところは、異性同性関係なく年上から気に入られているところだ。柑奈さんにも気に入られたようだが、この調子で人見知りを完全克服してほしいと思う。

それでも、まだ年上の男性に対しては若干の挙動不審ぶりを発揮する。

そのあたりは、まあ仕方がないとして──この業界でやっていくなら、もっとたくさんの人と仲良くなっておくべきだろうな……。

そんなことを思っていたら、晶と結菜が不思議そうな顔で俺を見ていた。

「……ん？　どうした？」

「兄貴、なんか今、難しい顔してたから」

「気になることでもあるの？」

「いや、ちょっと考え事を……それより、早く食べないと溶けちゃうぞ？」

また晶の今後のことを考えてしまった。どうしても修学旅行だけに集中できないのは、俺の悪いところかもしれないと思いつつも──

するとと途中で、結菜が「そうだ」と言った。

「せっかくだし写真を撮ってあげる。兄妹《きょうだい》写真」

「ありがとうございます！　月森先輩もあとで一緒に撮ってくださいね？」

「うん」

そういう話の流れで、俺と晶でアイスを片手に写真を撮ることになった。

「兄貴、もっと笑顔で」

「こ、こうか……？」

「なにその引きつった顔ー……えい！」

「冷たっ⁉　って、アイスをくっつけるなよ！」

「大丈夫、容器のほうだから」

「そういうことじゃなくてだなぁー……」

そんなやりとりをしているあいだ、結菜は微笑んで待っていた。

「それじゃあ撮るよ」

結菜がそう言って、何枚か写真を撮ってくれた。

「ありがとうございます、月森先輩」

「うん。すごく、イイ感じに撮れた」

そう言って微笑んだ結菜の顔は、悩みを抱える前の表情にすっかり戻っているように、俺の目には見えた。

＊　＊　＊

アイスクリームショップを離れて、控室のあるほうへ戻った。すでに柑奈《かんな》さんは控室に戻ったらしく、星野《ほしの》が一人で待っていた。

「見て見て！　サインもらっちゃった……！」

星野は興奮気味に、自分のTシャツの下をピンと引っ張りながら見せてくる。

「ありがとう真嶋くん！」

「いやいや、俺はべつになにも……」

「このTシャツ、一生洗わない！　洗えないよぉ〜〜〜……」

「それはまあ、お好きにどうぞ……」

喜ぶ星野に苦笑いを向けながら、とりあえず星野にとっての素敵な思い出ができたことに安堵《あんど》していた。

「じゃあ兄貴、月森先輩、星野先輩、修学旅行楽しんでくださいねー！」

晶はにこやかに手を振って控室に戻っていった。

「晶ちゃん、昨日よりもキラキラしてた」

星野がなんとなくそう呟《つぶや》いたので、俺は少し鼻が高かった。

「たしかに、メンタル的なところは強くなってきてるかも――」

ふと、これまでのことを思い出す。

「――でも、あれでもすごく悩んだりした時期があったんだよ。レッスンの講師さんに注意されたーとか、失敗したらどうしようとか」

「晶ちゃんでも悩むときがあるの？」

「ああ。なにしろあいつは根っからの人見知りだし。今は新田《にった》さんがいるから、そういう部分をだいぶフォローしてもらってると思う」

「そう……」

悩みは人それぞれ。悩むことは誰にだってある。この修学旅行が終わったあとに、結菜《ゆいな》の悩みも解消したらいいなと思いつつ、俺は二人に微笑を向けた。

「じゃ、俺たちも光惺《こうせい》と合流するか？」

# 第9話「じつは、不思議の国のアキラ……？」

「お疲れ様でしたーっ！」

撮影は大きな問題も起きず、無事にスケジュール通り終了。

「お疲れ、晶ちゃん！」

「あ、柑奈さん、お疲れ様でした！」

柑奈さんのほうから僕に寄ってきた。

「すっごく良かったよ～？　今度はドラマとか映画で共演したいなー？」

「いやぁ、僕はまだまだで……」

「そんなことないよー？　自分に自信を持って。──じゃ、私はこのあとがあるからもう行くね？　またね、晶ちゃん！」

そう言って柑奈さんはニコッと笑顔で駆け出していった。

──やっぱりすごい人だなぁ……。

ドラマに映画にCMに、雑誌の撮影やインタビューの仕事。

インストも休まずに更新したりして、タイトなスケジュールをこなしているというのに、あんなにニコニコと笑顔を絶やさない。

今日なんて、自分の休憩時間にファンサービスまでしていた。

――柑奈さん、いつ寝てるんだろ……？

移動中という話も聞いたし、撮影の合間に仮眠したりって話も聞いた。

有名になればなるほどお仕事は増えていくし、周りからの目も気にしないといけない。

新田さんは、柑奈さんのことを「タフ」って言っていた。

――僕もタフにならないと、柑奈さんに追いつくことはできないよね。

お父さんも頑張っているし、親父や母さんも応援してくれている。……もちろん、兄貴は僕のために一番頑張ってくれている。

正直今の僕は自分のことでいっぱいいっぱいだし、そんな自分がなんだか情けないなぁと思うけど、落ち込んでもいられない。自分を鍛えなければ！

そんなわけで、僕は一つだけ、柑奈さんに倣《なら》って実践していることがある。

人前ではなるべく笑顔でいること。

疲れたときはなかなか難しいけど、ちょっとずつそれができるようになってきた。

お芝居――ううん、これは意地。

僕が落ち込んだ顔をしていたら、みんなに心配をかけてしまうから。中でも兄貴は、僕のことを心配して自分のことができなくなっちゃうかもしれないし――

「晶《あきら》ちゃん、初仕事の感想はどう？」

新田さんが僕のところに寄ってきた。

「はい！　すっごく勉強になりました！」

「ふふっ、良かったね？　とってもいい笑顔だったし、柑奈ちゃんとかほかの共演者の皆さんもお芝居が上手だって褒めてたわよ？」

「えへへへ、兄貴のおまじないのおかげかも――」

僕は、つい自分のおでこに触れてしまった。

「涼太《りょうた》くんのおまじない？」

「……あ、いえっ！　なんでもないです！」

と、僕は慌てて手を下ろした。

「そう？　――あ、このあとはお父さんが迎えに来るんだよね？」

「はい！」

「それまではどうするの？」

「そうですね――」

時計を見た。今は十五時。お父さんが着くまで一時間くらいある。

ちょっとだけパーク内を見て回りたい気もするけど、一人だとちょっとなぁ……。

「お手洗いに行って、控室で待ってます」

「それじゃあ私はご挨拶してくるから、またあとでお話しましょ？」

新田さんが控室を出ていったあと、僕はお手洗いに向かった。

＊　＊　＊

——兄貴は、わざわざ心配して会いに来てくれたのかな？

お手洗いを済ませたあと、僕はぼんやりとそんなことを考えながら控室に戻っていた。

都合よく考えすぎかもしれない。兄貴の友達、星野先輩が柑奈さんに会いたいというので連れてきたと兄貴は言っていた。

でも、兄貴が僕を心配して来てくれたとしたら、とっても嬉《うれ》しい。

「友達が」とか「仕事だから」とか、「兄貴だから」とか、そういうことを前置きする兄貴だけど、本当は、僕のことを大事に思ってくれているとしたら、とっても——

「——……あれ？」

知っている人が、パークの従業員の人となにか話していた。

なんだか慌てている。

僕はそれとなく近づいていって、声をかけてみた。

「あの……小深山《こみやま》さん？」

「え？　晶さん？」

「今日、小深山さんたちも来てたんですね？　あの、どうしました？」

「じつはすずかがいなくなってしまって……」

「え⁉　また迷子ですか⁉」

小深山さんは複雑そうな表情を浮かべた。

「このあと用事があるので帰ろうとしたら、すずかが急に不機嫌になってしまって……走ってどこかに行ってしまったんです。スマホの電源も切れているみたいで……」

閉園まで時間があるのに、途中で帰ることになって悲しかったのかな？

ううん、そんなことより今は、こういうとき兄貴だったら……。

「すずかちゃんを探すの、僕も手伝います！」

兄貴だったら、きっとそう言うはず。

「いや、しかし……」

「僕にもお手伝いさせてください」

前までの僕だったら、こんな風にハッキリと言わなかったと思う。

「たしかにすずかは晶さんに懐《なつ》いてはいますが……」

小深山さんの、この困った顔を見て、出過ぎちゃったかな？　とか思って、きっと固まっちゃったと思う。

でも、こっちが正解なんだって今は思う。

小深山さんはいっそう真剣な顔をして僕を真《ま》っ直《す》ぐに見た。

「わかりました……本当に助かります！　では、私はこの周辺を探しますので！」

小深山さんは駆け出した。

僕も急いで探さないと……でも、あれ？

――なんだろう、この感覚……。

なんだか引っかかるものを感じながら、僕は小深山さんと反対側へ向かった。

＊　＊　＊

平日とはいえ人が多い。
行き交う人のあいだを通って、キョロキョロとあちこちを見回す。
すずかちゃんと同じくらいの小学生は少ないけれど、なかなか見つからない。
——もうこのエリアにはいないのかな?
そう思って、次のエリアに向かおうとしたら——

「あっ! すずかちゃん!」

遠くにそれらしき子がウロウロしながら歩いているのが見えた。
あの髪形、僕のあげた真っ赤なヘアピン——間違いない。すずかちゃんだ。
僕は急いで近づこうとする。
でも、すずかちゃんが急に駆け出してしまった。
そうして僕はすずかちゃんを追って、どんどん人気《ひとけ》のないほうへ向かった。

＊＊＊

すずかちゃんは、外観が立派なアパートのような建物に入った。

そこで行き止まりかと思いきや、裏口に抜ける道があった。

ここは従業員通路かもしれない。茂みの向こう側、楽しそうに行き交う人たちが見える。

そうしてその道を真っ直ぐに進んでいくと、倉庫のような建物があった。

イベントで使うもの、今は使っていないような飾りなどが棚に並んでいた。看板とか、腰掛けられそうな大きなキノコとか、なんだか見覚えのあるものもある。

でも、今はそれどころじゃない。

さらに倉庫を通り抜けると、駐車場に出た。普通の車というより、大きなトラックなんかが並んでいる。たぶんここは関係者の搬入口だろう。

車が通るかもしれないし、危ない。

僕は少し焦《あせ》りながらキョロキョロと辺りを見回した。

すると、大きなトラックの荷台に小さな足が入っていくのが見えた。

僕はそちらへ駆け寄った。

荷台の扉が少し開いていて、そこから中に入ったようだ。

僕も荷台に入ると、中にはたくさんのダンボールがあった。

すずかちゃんの姿がない。奥のほうに隠れているのだろう。

薄暗がりの中、僕はゆっくりと奥に進む。すると、ダンボールとダンボールの隙間に、体育座りをしているすずかちゃんを見つけた。

僕はほっとして、大きく息を吐いた。

「すずかちゃん、見ぃーっけ！」

「え……晶おねえちゃん？」

困ったような、悲しそうな顔のすずかちゃんに、僕は微笑を向けた。

「パパとママが心配してるよ？　戻ろっか？」

「イヤ……」

すずかちゃんは大きく首を振った。

「どうして？」

「イヤだから、イヤなの……」

と言って、膝に頭をつけて丸まってしまった。

……これについては、僕も経験があるからわかる。

ちゃんと理由を聞いてあげないと、意固地になって、余計に動かなくなるやつだ。

僕はそっとすずかちゃんの隣に座り、同じように体育座りをした。

「なにがイヤなのかな？」

優しい口調で訊《き》いてみたら、すずかちゃんはギュッと膝を抱く腕に力を込めた。

「パパが、これからビョウインにいくって……」

「……病院？」

僕は動揺した。

――すずかちゃん、なにか病気なのかな……？

そう考えて、慌てて頭の中から不吉な予感を振り払った。まだ病気とは決まったわけではないし、この歳《とし》の子なら、予防接種とか、なにかの検査だと思う。

「オチューシャとか、イタいのはもうヤなの……」

「そっか……。注射はたしかに痛いよね？」

「……イタくないのもある」

「へ、へぇ～、そうなんだ？」

「うん……」

「物知りだね？　すごいよ、すずかちゃん」

「でも、イヤなのぉ……」

――注射が痛くなくても病院はイヤだよね……。

僕も小さいときは病院という場所が嫌だった。お父さんや母さんが心配そうな顔をするから。だから、ちょっとはすずかちゃんの気持ちもわかるけど――

「でもね、急にいなくなっちゃったらパパもママもとっても心配しちゃうよ？」

「…………」

小深山さんも、奥さんだって、今ごろ心配して探し回っているはず。心配するのはやっぱり大事な人だから……。

このまま隠れていても、誰もハッピーになれないよね。

「すずかちゃん、一人ぼっちになっちゃうのは嫌だよね？」

「……うん」

「僕だってそうだよ……一人ぼっちになるの、怖いんだ」

「晶《あきら》おねえちゃんも……？」

「うん。一人ぼっちって、とっても寂しいんだ――」

お父さんが出ていった日のことを、僕は思い出していた――

『お父さん、本当におうち出て行っちゃうの……？』

『ああ。でも安心しろ。テレビをつけたら毎日俺が出てるくらい有名になってやるからよ？　そしたら寂しくねえだろ？』

『僕、さびしいよ……。行かないでよ……』

『大丈夫だ、大丈夫……。お前のそばには美由貴《みゆき》がいる。それに、俺がどこかで必ず見守っていてやるからよ？　ピンチのときは思いっきり叫べ。まあ、ヒーローって柄じゃねぇが、晶がピンチのときは必ず俺が助けに行ってやるからよ』

――僕は笑わなくなった。

おまけに僕は友達との付き合い方も下手くそで、せっかく仲の良い友達ができても、学年が上がるとフリダシに戻っちゃう感じで、なかなか友達ができなかった。

この性格のせいもある。

引っ込み思案で、人見知りで、意地っ張り。……意地っ張りなのは、ちょっとだけ。

母さんは担任の先生から協調性のない子と聞いたらしいけど、その通りだったと思う。

そうして小学校、中学校を卒業した。

高校生になったけど、僕は相変わらず。

このまま一人でもいいかなって思ってたとき、母さんが再婚すると言い出した。

そして――

『――晶さんは、弟じゃなくて、妹だったんですか……？』

――あー……違う違う、そっちじゃない……。

あの日僕に差し伸べられた、兄貴の手のほう！

お父さん以外の家族なんて受け入れられないと意地を張って、馴《な》れ合いは勘弁してほしいと言ったのに――

『シンプルに言えば、俺は君と仲の良い家族になりたいってこと』

――あの瞬間、僕は、なんだかひどく胸の中がむず痒《がゆ》かった。

たぶん、僕が変なんだと思う。家族になりたいと言われて、彼のことを好きになってしまったんだ。

好きじゃないと否定したかった。

それなのに、僕のために歩み寄って、距離を縮めようとしてくるから、余計に大好きになってしまった。

ああ、やっぱ大好きだな、兄貴のこと……。

好きで、好きで、大好きで、シンプルに僕は、兄貴と仲の良い家族になりたい。

兄貴が思っているほうじゃなくて、文脈とかいっさい関係なくて、あの言葉が、僕へのプロポーズにならないかなって、あとから何度も考えた。

そんな兄貴との初めての家族旅行のとき、僕らはピンチになった。山の中で遭難してしまったんだ。

兄貴は、不安で押しつぶされそうな僕のことを、後ろから抱いて守ってくれた――

『修学旅行、一緒に行きたい』

『それは俺もそうかな。今回は演劇部の合宿と家族旅行がごちゃまぜだったけど、じっくり行きたいな』

『でね、修学旅行の二日目とかに、思い切って告白するの！』

『えっと、ほぼ毎日聞かされてるから、場所が変わってもなぁ～』

『もう、さっきからなんだよ！　僕の理想の学校生活を話してるの！』

『ははは、理想か。けっきょく俺たち、たらればを並べてるな――』

たらればでも、幸せなたらればならいいよね？

兄貴と一緒に歩む未来を想像してもいいよね？

ここから助かったら、僕はこの先もずーっと兄貴と一緒にいるんだ。

そう、自分を奮い立たせた。

……それなのに兄貴は、一人ぼっちで、人目のつかないところに倒れていた——

『お願いだから立って！　僕を一人にしないで！　お願い！　お願いだから！』

やっぱり僕は、すごくワガママな子なんだと思う。

一人ぼっちが嫌だから——

もう兄貴なしのこれからなんて考えられないから——

僕がワガママを言ったら「仕方ないなぁ」って、いつもの優しい笑みを浮かべて立ち上がってくれると信じたかったから——

兄貴を失いたくなかったから……だから、だから……——

今度は僕が、兄貴のことを一人ぼっちにしない。兄貴だけじゃなく、僕を信じてくれるみんなのために。

僕は……僕はみんなを笑顔にすると決めたんだ――

僕はすずかちゃんに笑顔を向けた。

「でもね、今は違うよ。すずかちゃんみたいにパパもママもいるし、友達もたくさんできたし……それに、涼太《りょうた》お兄ちゃんとも仲良しさんだし！」

ニコッと笑みを浮かべると、すずかちゃんはキョトンとした。

「涼太おにいちゃんと、ちゅーするくらいなかよし？」

「うん。ちゅーするくら……いえぇ⁉」

僕は思わず真っ赤になって、あたふたとしてしまった。

「えっとー……それはぁ……」

「わたしはパパとちゅーするよ？」

あ、そっか。家族なら普通なんだよね……。

「じ、じつはお姉ちゃんも、涼太お兄ちゃんとはいっぱいちゅーするんだー……」

「じゃあハグは？」

「い、一時間に一回ペースかなぁ……？」

「おふろは？」

「……ごくたまに。気が向いたら、一緒に入らなくもないかなぁ……？　一緒に入ろうって誘ってくることもあったし……」

「いっしょにネムネムは？」

「するする。それはほぼ毎日欠かさずに」

「じゃあ涼太おにいちゃんとってもなかよしさんなんだね？」

「う、うん！　あははは……ははっ……――」

――み……見栄《みえ》を張ってしまったぁああああああ――――……。

僕はなんですずかちゃんに対抗意識を燃やしてしまったのだろうか……。

というよりも、僕と兄貴、これだけカップルっぽいことをいろいろやってきたのに、進展がないのはなぜ？　なぜ？　なぜ？

兄貴……なぜなんだぁ～～～～～……――

「どうしたの、晶おねえちゃん？」

「えっと……大好きなのに、うまくいかないこともあるよねって……」

苦笑いでそう言うと、すずかちゃんはキョトンとした。……我ながら、うまくまとめら

KN

れた気もするんだけど。

「いいなぁ、わたしも涼太おにいちゃんみたいなお兄ちゃんほしいな～」

え？　あげないよ？　――じゃなくて……。

「す、すずかちゃんには、パパがいるじゃん？」

「そうだけど～……」

「ほら、ここにいると大好きなパパや、ママに会えなくなっちゃうよ？」

すずかちゃんが迷い出した。……よし、もう一息！

「あと、ほら、涼太お兄ちゃんとも会えなくなっちゃうかも……！」

「それはヤだな……」

「だよね？　なら、ここから出ない？　一緒に明るいところに行こうよ？　ね？」

すずかちゃんは考える素振りをした。

やっぱりこんなんじゃダメかと思ったら、すずかちゃんは小さく「うん」と頷《うなず》く。

僕は心の底からほっとして、立ち上がってすずかちゃんの手を引っ張ろうとした。

「でもね……なんか、とってもねむいの……」

すずかちゃんがウトウトとし始めた。

「疲れちゃったのかな？」

「うん……」

「じゃあ早く戻らないと。ね？」

僕がそう言うと――

バタンッ！

「……えっ⁉」

急に扉が閉まると同時に真っ暗になった。

「なんでっ……⁉」

明かりがないから、僕は手探りでなんとか扉まで行って、

「ちょっと……すみません！　ここ、開けてください！」

と、ドンドンと扉を叩《たた》いたけれど、外からはなにも反応がない。

そのうちエンジンがかかる音と振動が伝わってきた。

「わわっ！」

暗闇の中、僕は手探りですずかちゃんのところに戻る。

その途中、車が動き出すのがわかった。荷台が左右に揺れ、転びそうになりながらも、

ようやくすずかちゃんがうずくまっているところにたどり着く。

「すずかちゃん！　ねえ、起きて！」

「ううん……ねむい……」

ダメだ。この状況だと、すずかちゃんが起きても出られそうにない。

「ううっ……どうしよ～……」

本当に困った。このままどこへ運ばれてしまうのだろう。

――ううん、慌てるな。

こういうときでも、兄貴だったら冷静になんとかするはず……。

「というか僕、スマホを持ってたな……――え？」

こんなときに、充電切れ……？　マジ？

「そんな……！」

慌てて電源を入れると、入った。でも、バッテリー残量はわずか。

――とにかく助けを呼ばないと……！

履歴の一番上に兄貴の名前があって、僕は電話をかけた。でも、すぐにスマホは充電切れになってしまった。

――あちゃ……スマホもダメか……。

とりあえず、車がそのうち停《と》まるのを待つしかない。そのうち新田《にった》さんかお父さんが、僕がいないのに気づいて、居場所を探してくれるはず。

小深山《こみやま》さんと奥さんは不安になっちゃうかもだけど、すずかちゃんが無事に戻れば大丈夫なはず――兄貴だったら、こんな感じかな？　あと僕にできることといったら――

『ピンチのときは思いっきり叫べ。まあ、ヒーローって柄じゃねぇが、晶《あきら》がピンチのときは必ず俺が助けに行ってやるからよ』

――ダメだ。すずかちゃんが起きちゃう。真っ暗だったら余計に不安にさせちゃうかも。

ああもう、こうなったら――

――助けてっ！　お父さんっ！　兄貴ぃいいい――――――っ！

心の中でそう叫んだあとに、僕は「やばっ」と口に出した。

兄貴まで呼んじゃったら、今度こそ修学旅行の邪魔になっちゃうよね……――

# 第10話「じつは義妹と知り合いのお子さんがいなくなってしまいまして……」

――……ん？　今、なんか……。

ふと俺が空を見上げたとき、光惺《こうせい》が時間を確認して「そろそろ移動だな」と言った。

アニバが大好きな星野《ほしの》が名残惜しそうに言う。

「またこの四人で来たいなー……」

結菜《ゆいな》がすかさず「卒業旅行」と言うと、星野は顔を明るくした。

「あ、そっか！　それ、ナイス結菜！　さっすが～！」

結菜は「うん」とノリよく親指をグッと立てる。

「それじゃあ今度はみんなで卒業旅行で来ようね！」

と、星野が勝手にそう提案すると、光惺はふっと笑った。

「そうだな。それもアリ」

「おっ、光惺くんも珍しく乗り気じゃん！　じゃあ……ん？　真嶋《まじま》くん？」

「涼太、どうした？　ボーっとして……」

「え？　ああ、いや……今、なんか――」

――晶の声がした気が……気のせいか？

俺は、そこでようやく、はっとして三人のほうを見た。光惺たちが、不思議そうに俺の顔を見つめている。

俺は慌てて笑顔をつくりながら言った。

「ごめんごめん、なんだっけ？」

「だから、またこの四人でアニバに来たいから、今度は卒業旅行で来ようねって」

「ああ、うん、そうだね。卒業旅行か……」

だいぶ先の話だが、なんだか今は即決できる気分ではなかった。

「じゃ、関西国際空港《関空》に行くか――」

光惺が先導して歩き始めたとき、俺のスマホが鳴った。光惺が呆《あき》れたような顔をする。

「晶からか？」

「ピンポイントで断定するなよ……――」

――晶以外の人とも連絡取るって……主に晶だけど。

ポケットからスマホを取り出してみると、ディスプレイには――

「――ん？　新田さんからだ」

「出たほうがいいんじゃね？」

「ああ、うん──」

そのときふと、なにか胸がざわついた。

こちらが修学旅行中だと知っているのに、新田さんがわざわざ電話してくるとは何事だろう。まさかと思うが、晶のことだろうか。

「──もしもし」

『あ、涼太くん。晶ちゃん、そっちに行ってない？』

「え？　こっちには来てませんが……？」

『控室に荷物を置いたまま、まだ戻ってこないのよ……そっちに行ってるわけじゃないんだね？』

「はい……」

『わかった。ごめんね、電話しちゃって。じゃあ修学旅行楽しんでね？』

電話が切れると、そこでもう一つ、少し前に着信があったことに気づいた。

晶からだった。急いでかけ直してみたが、スマホに電源が入っていないらしい。位置情報共有アプリで晶の居場所を探したが反応がない。電源が入っていないからだろう。

「新田さん、なんだって？」

「ああ、大丈夫……ちょっとな？」

笑って誤魔化しておいたが、俺は不安な気持ちだった。

――新田さんに任せておいて大丈夫だよな……。

これから自由行動だし、光惺たちのことも考えないといけない。それなのに、スマホに連絡が来ていないか気になって、チラチラと確認してしまう――

『まず、兄貴に心配をかけてはいけないという前提がある！』

だったら電話に出てくれよ――

『修学旅行なんだから楽しませてあげたいなと思った！』

このままじゃ楽しめないし……――

『で、遠くから好き好き光線を送り続ければいつか兄貴がこっちを振り向いてくれる！』

俺は慌てて振り返り、右を見たり、左を見たり、キョロキョロと見回してみた。

けれど、晶の姿はどこにもなかった。

――ああ、ダメだな……。

いつから俺はこんなに心配性になったのだろうか。

俺はスマホをポケットの奥に突っ込んで、光惺たちに合わせて笑顔をつくった。

＊＊＊

ゲートの手前のエリアまでやってきた。

星野がお土産を選びたいと言うので、少しだけその時間をとることにした。

四人でショップを巡っていると、キョロキョロとなにかを探すように駆け回っている男性が目についた。大の大人があんなにも慌てて走り回っているのを見たのは初めてだった。

気になって眺めていたら──

「あれ、小深山さんだ……」

「ん？　知り合い？」

「ああ、うん。昨日も会ったんだけど……」

すずかがいない。今日は奥さんのほうに任せているのかと思ったが、小深山さんの焦《あせ》っている顔を見て、どうしても気になってしまった。

「ごめん、ちょっと話してくる。みんなは買い物をしておいて──」

俺は慌てて小深山さんのところに駆け寄った。

「小深山さん、どうしたんですか？」

「真嶋くん⁉　いや、それが……」

小深山さんは申し訳なさそうな顔をした。

「また、すずかがいなくなってしまいまして……」

「この辺りでですか？」

「はい……スタッフさんにも話して探し回ったのですが、見つからないんです……」

「心配ですね。それじゃあ俺も――」

そこで俺は、はっとした。

つい修学旅行で来ていることを忘れそうになった。

「み……見かけたら連絡するので、小深山さんの番号を教えてもらってもいいですか？」

「わかりました――」

連絡先を交換していると、買い物を終えた三人が店から出てきた。

「涼太《りょうた》、そろそろ行くぞー？」

「あ、うん。――小深山さん、ゲート周辺で見かけたら連絡しますので、それでは俺はこれで……」

「助かります。ありがとうございます、真嶋くん！」

俺は振り返ろうとしたが――

「晶さんといい、兄妹《きょうだい》お二人にはなんとお礼を言ったら――」

――俺の足がピタリと止まった。

「え？　今、晶って……？」

「あ、はい。先ほど晶さんに会って、すずかを一緒に探してもらっているんです」

「っ……!?」

先ほどの新田《にった》さんとの電話を思い出す――

『控室に荷物を置いたまま、まだ戻ってこないのよ……そっちに行ってるわけじゃないんだね？』

だからか……。

「じゃあ、晶もまだ探して回ってるんですね？」

「はい。ですが、連絡先を交換し忘れていました。一緒に探してくれると言ったきりあれからまだ会えてませんね……」

「わかりました。ちょっと電話しますね？」

俺は再び晶《あきら》のスマホに電話をかけてみたが、やはり電源が入っていないため繋《つな》がらなかった。そこで今度は新田さんにかけてみると、すぐに繋がった。

「――あ、新田さんですか？　晶の件なんですが――」

俺は新田さんに、晶がすずかを探していると伝えた。

『そう……晶ちゃんも心配だけど、すずかちゃんもまだ見つかってないのかー……』

電話の向こうで新田さんは少し考え「わかったわ」と言った。

『私はもうちょっと控室で待機しておく。こっちに戻ってくるかもしれないから』

「お願いします――」

電話を切ったあと、呆れと苛立《いらだ》ちがいっぺんにやってきた。……自分に対して。

俺は深々とため息を吐《つ》く――

『――仕事とプライベートは分けるべきです。その境界線が曖昧だと、けっきょくは中途半端《ちゅうとはんぱ》に終わってしまいますよ？』

――頭の中では、わかっているんだ、そんなことは……。

ああ、俺は本当にダメなやつだな。みんなに申し訳が立たない……。

それでも──

「みんな……ごめんっ……！」

俺は三人に頭を下げた。

「え……？　ごめんって、なにが……？」

修学旅行を一番楽しんでいる星野が戸惑いながら訊《たず》ねた。

「晶とすずかちゃんがいなくなったんだ」

「すずかちゃんって……？」

「こちらの小深山《こみやま》さんの娘さん。迷子になって……晶が探してるんだけど、その晶もどこにいるのかわからなくてさ……」

頭が上げられない。

どこまでも自分都合で、三人に対して申し訳なさだけが込み上げてくる。

「晶が探し回っているみたいだから、俺も……二人を探したいんだ。だから、あとで合流するから、俺を置いて先に行っててもらえないかな……？」

みんなの顔が見られなくて、頭を下げながら伝えたら、

「なに言ってんだ、バカ……」

と、光惺《こうせい》から呆《あき》れたように言われた。

「じゃ、俺、向こうのエリア探してくるわ」

「……え？　光惺？」

「相棒だっつったろ？　今までの礼もあるし、置いていけるかよ──」

そう言い残して光惺は行ってしまった。

すると星野《ほしの》はどこかに電話をかけていた。

「──あ、もしもし？　そっち、楽しんでるー？　あのねー、そっちに知り合いがいるかもだからいたら教えてほしいんだ。──今ＬＩＭＥで写真送ったから。──あ、そうそう！　真嶋《まじま》くんの妹さんだよーっ！　一緒に小さい女の子もいるかもー──」

「星野さん……」

電話を終えると、星野はニコッと笑みを浮かべる。

「水臭いことは言いっこなしっ！　私たちだって心配だもん。だから、晶ちゃんとすずか

ちゃんを探すの、手伝うよ！」

するると結菜《ゆいな》もコクリと頷《うなず》く。

「見つけたら電話するから」

「じゃ、私と結菜は向こうのエリアを探そっか？　――真嶋くん、またあとで！」

そう言って、星野と結菜も駆け出した。

「ごめん……ありがとうっ！」

俺は結菜と星野のほうを向き、次に光惺の行ったほうを向き、彼らに聞こえているかわからないが、それぞれに言った。

すると小深山さんが申し訳なさそうに言った。

「すみません、こんなことに皆さんを巻き込んでしまって……」

「いえ、俺の義妹《いもうと》も一緒にいるかもしれないので……」

「あの……こんなことを言うタイミングじゃないとは思うんですが……」

「はい？」

「……とても、素敵なお友達ですね？」

その瞬間、いろんな感情が込み上げて、俺は言葉を詰まらせてしまった。

友達の定義は、正直なところはっきりしない。

けれど、今なら自信を持って、はっきりと言える。

小深山さんの言う通り、俺はとても素敵な友達に巡り会えたのだと――

＊　＊　＊

すずかと晶を探し始めて十五分が経《た》った。

光惺たちからはまだ見つかっていないというＬＩＭＥが入っていた。新田さんからも、まだ戻っていないという連絡が来た。

小深山さんもすずかのスマホに電話をかけてみるが、やはり繋がらない。

焦りながらあちこちを探し回っていると、今度は建《たける》さんから連絡があった。

とっくに仕事が終わったというのに、晶が待ち合わせの場所にまだ来ていないという。

俺は簡単に事情を伝えると、建さんも合流すると言う。

ゲートのところで建さんと落ち合った。

「真嶋、すまんな……せっかくの修学旅行を邪魔しちまったみたいでよ……」

「いえ、建さんが謝ることでは……」

建さんが責任を感じる必要はない。

それよりも、今はすずかと晶を見つけるほうが先だ。

「まあ、パーク内にいると思うけどよ。晶と、そのすずかって子は一緒にいるのか？」

「いえ、わかりません――」

――でも。

これだけの人数で探し回って、見つけられないことがどうしても引っかかっていた。

すずかの足は、そんなに速くはないはず。晶だって、さっきの小深山さんみたいにキョロキョロしていれば目立たないはずがない。

そう考えると、もしかすると二人はすでに一緒にいるのではないか、人が立ち入りそうにない場所にいるのではないかと思った。

そして、なにかしらの事情で、そこから動けなくなっているのか――

頭をフル回転させて考えていると、分かれて探していた小深山さんがやってきたのだが、

「姫野《ひめの》……？」

と、驚いた顔をしていた。

「小深山っ……!?」

──え？　知り合いなのか、この二人……？

俺は若干動揺した。しかし俺以上に、大人二人が動揺している。

「てことは、すずかって子は……」

「ああ、すずかは私の娘だ。……でも、どうして姫野がここに？」

「姫野晶は俺の娘だ」

「え……？　じゃあ、真嶋くんの妹さんは義理の……──っ⁉」

一瞬呆《ほう》けたような顔をした小深山さんだったが、なにかに驚いたように、急に大きく目を見開いた。

「真嶋くん……」

「なんですか？」

「それじゃあ、君は──」

なにかを言いかけたところで、横から建さんが「あとにしろ」と言った。

「今は俺んとこの娘と、お前んとこの娘を見つけるのが優先だ」

「そ、そうだな……」

「心当たりはないのか？」

「ああ、すまない……」

一時はギクシャクしそうな雰囲気だったが、二人が大人の対応を心がけてくれたので、俺はほっとした。

とりあえず目的は同じ。ここからどうやって探すか、考えないと——そうだ。

「いなくなったと聞きましたが、すずかちゃんと逸《はぐ》れてしまったとき、どんな状況でしたか？」

小深山さんは難しそうな顔をした。

「逸れたというより、逃げ出したんです」

「逃げ出した？」

「このあと予定があって、それが嫌だと言って、ここに残りたいと……」

「そうですか……」

すずかはアニバが気に入ったのか、よっぽどその予定とやらが嫌だったのだろう。

ただ、今のはいいヒントになった。すずかは、ただ逸れたのではない。小深山さんや母親から逃れるために、どこかに隠れたのだろう。

探すポイントはなんとなく絞れそうな気がする。

しかし、そうなると晶はどこへ行った？

一緒になって隠れている？　……いや、まさか。すずかを探しているのなら、パーク内の通路を移動しているはず。けれど、通路から外れたとしたら――アトラクションの施設内か、どこかスタッフしか入れないような場所にいる？

わからなくなってきた。こういうとき、どうすれば……――そうだ！

俺は急いで電話をかける。

「――もしもし、親父《おやじ》？」

『なんだ、慌てて？　もうホームシックかー？』

「ちげぇよ！　今、晶《あきら》が……いや……」

……親父や美由貴《みゆき》さんを心配させないほうがいいよな。

『ん？　やっぱりなんかあったのか？』

「あ、いや……晶とアニバで会ったんだけどさ、今度は逸れちゃって……たいしたことでもないんだけど、どこに行きそうか、親父ならわかるんじゃないかなって思って」

『晶の行きそうなところを探してみたか？』

「まあ、ひと通りは……」

電話の向こうで、親父が「そうだなぁ」と考え事をするように言った。

『晶はお前に似てきている。逆に、お前もな』

「え……？」

『晶の気持ちと、お前の気持ちが一緒なら、お前ならどこへ行くか考えてみたらいいんじゃないか？　スタート地点から、もう一度考えてみたらどうだ？』

──俺と晶の気持ちが一緒なら、俺なら……。

『……なんか、お前らカップルみたいだな？』

「うっせぇ！」

身内のこういうのは、本当にウザい……。

『でもま、最近の晶とお前、よく似てきたなぁって思ってさ。最初はほら、難しかっただろ？　晶が心を開いてくれなくて四苦八苦してたよな、俺たち』

「ああ、うん……」

『でも、お前と一緒にいるうちにどんどん明るくなって、今じゃ俺のことを親父って呼んでくれるんだ。それが嬉《うれ》しくてさぁ……』

「そっか……」

──そりゃ、毎日一緒にいれば、そうなるか……。

『ただ、よくないところも見習ったと思うぞ？』

「え？　なに？」

『自分は心配性なくせに、人に心配をかけたくないってところ。なにかあるんなら話せよ。

俺はお前と晶の親父だぞ？　……晶、本当に大丈夫なんだよな？』

親父は、晶になにかあったことを悟ったらしい。そのことを俺が隠したことも。そもそも修学旅行中に電話をかけてくるなんて、なにかあったとしか言いようがないか。

「ああ、うん……でも、もう大丈夫。なんかわかった気がするから」

『そうか』

「親父、晶のことは俺に任せてくれ！」

『おう、任せた！　ついでに修学旅行楽しんでこいよー』

ついでって……本来は修学旅行がメインのはずなんだけどな、と俺は笑ってしまった。

＊＊＊

俺と建さんは、小深山《こみやま》さんに晶と別れた場所まで案内してもらった。

「ここです。ここから、あっちのほうへ――」

小深山さんが指差したほうを見た。

俺は目を瞑《つぶ》った。

俺は晶、晶は俺――俺に似てきたというのなら、晶ならおそらく……。

――すると、感覚が研ぎ澄まされていった。

晶がすずかを探し回っている姿が思い浮かぶ。

俺は、晶の足取りを追うように、そちらへと歩み出した。

「真嶋《まじま》、どこに行くんだ？」

「たぶんですけど、晶とすずかちゃんは一緒にいます」

「なんで、わかるんだよ？」

「スタッフさんにも手伝ってもらって、これだけみんなで探し回っているのに、二人とも見つからないということは、二人でどこかにいるのかもしれません」

「そうか、なるほどな……」

「ですから、晶ならどっちへ行くか、どこを探すか……──」

建さんと小深山さんが半信半疑でついてくる。俺は木と木のあいだに、子供が一人通れるほどの隙間を見つけた。そして──

「これ……晶のヘアピンです！」

いつも晶がつけている赤いヘアピンを見つけた。

そうして思い出す──

晶は撮影の合間、俺や結菜《ゆいな》とアイスを食べているあいだ、ヘアピンを外していた。ここを通ろうとして落としたか、あるいはすずかが着けていたものだ。

「向こう側に回りましょう！」

＊　＊　＊

近くにいたスタッフに事情を説明し、従業員が使う通路を使わせてもらった。

通路を通っていくと、そこに大きな倉庫があった。

薄暗い倉庫内は、棚にいろいろなものがあった。

すずかが隠れていそうな場所を男三人で探してみたが、やはりいない。

「ここもダメか……」

建《たける》さんはくたびれたように言った。

「ここは広すぎるのかも……」

「ん？　どういう意味だ？」

「今のはなんとなくです。──向こうにまだ扉がありますね。行ってみましょう」

そうして倉庫を抜けると、その先は従業員用の駐車場だった。

「おいおい、こっちまで来たら……」

広い駐車場を見て、建さんと小深山さんが唖然《あぜん》と立ち尽くす。

晶は大丈夫かもしれないが、すずかの場合は、最悪、事故に巻き込まれてやしないかという不安もあった。

「さすがにこれ以上は厳しそうだな……」

と、建さんが言ったあと、「あ」と口に出した。

「ここに防犯カメラがあるぞ！」

「そうか……ここを通ったなら映像が残っているか！」

小深山さんも気づいたように言った。

それから俺たちは引き返して、防犯カメラの映像を特別に見せてもらった。

二人がいなくなった時間をおおよそ絞り込んで遡《さかのぼ》ると——

「……いたっ！」

「すずかだ……！」

「晶もいるぞ！」

ようやく手がかりが摑《つか》めた——

すずかがウロウロしながら、大きなトラックが並んでいる場所に向かう。

その後ろ姿を見つけて追う晶。そうして二人が画角から外れたあと、しばらくして二台のトラックが一緒に発車した。

すずかと晶の姿は、防犯カメラの画角から外れたまま消えてしまった。

「あのトラックのどちらかに乗ったんじゃないですか？」

俺がそう言うと、建さんは難しそうな顔をした。

「その可能性はあるな……カメラの角度的には、荷台かもしれねぇ」

すぐに小深山さんが従業員に聞くと、さっきのトラックはグッズを積んでいる配送用のもので、はっきりとした行き先はわからないそうだ。

ただ、配送先は二箇所に絞られた——

「東京方面か、広島方面か……」

# 第11話「じつは義妹と知り合いの子を迎えに行くことになりまして……」

いったん、アニバのゲート前に集合することになった。

俺と建さんと小深山さん、それに光惺《こうせい》と結菜と星野《ほしの》。そこに晶の荷物を持って新田《にった》さんもやってきた。

新田さんは電話をかけている小深山さんの顔を見るなり眉根を寄せたが、軽く会釈《えしゃく》だけして、建さんに晶の鞄《かばん》を渡した。

「建さん、これ、晶ちゃんの」

「すまねぇ、亜美《あみ》」

「いいの。それより大変なことになっちゃったわね」

新田さんは苦笑いを浮かべると、ちょうどそのタイミングで小深山さんが電話を終えた。

「運転手さんと連絡がまだつかないそうです……」

そう言うと、小深山さんは申し訳なさそうに頭を下げた。

「すみません、皆さん……お騒がせしてしまって……」

この場で俺たち高校生はなんと言ったらいいかわからずにいた。

ただ一人、光惺だけは小深山さんの顔をじっと眺めて、難しそうな顔をしている。

「光惺、どうした？」

「……なんでもね。気のせいかな……」

光惺がそう言って金髪を掻《か》くと、再び小深山さんが口を開く。

「私の妻もこちらに向かっています。あとは我々が対処しますので、皆さんは──」

「ちょっと待て」

と、建さんが口を挟んだ。

「俺の娘もいる。俺も関わるのが筋だ」

「しかし……」

「二手に分かれて追えばいいんだろ？　そのトラックを」

すると新田さんも口を開いた。

「タクシーで東京方面と広島方面へそれぞれ向かいましょう。長距離ならどこかのサービスエリアで休憩をとっているかも」

「しかし、亜美……」

「姫野晶《ひめのあきら》はうちの大事なタレントよ？　小深山さん、あなただけ当事者ぶらないでね？」

「……すまない、姫野、亜美」

そうして、すぐに二台のタクシーが到着した。

タクシーの乗客人数は四人まで。晶とすずかを連れて帰ってくるためには、最大二人までしか乗ることができない。

「私は広島方面へ向かい、妻にはここに残ってもらいます」

「わかった。なら、俺は東京方面へ行く」

建さんはそう言って、新田さんのほうを向いた。

「亜美はここで待機だ」

「いいえ、私もタクシーに乗るわ」

「中継役が必要だ。そもそもトラックに乗ったっていう確証すらねぇんだ。晶たちが自分で戻ってくるかもしれねぇし、ここに残って連絡を繋《つな》いでくれ」

「……わかったわ。建さん、お願いね」

大人たちの中で話はまとまったようだ。

「じゃあ——」

——俺も行きます、と言いかけて口をつぐんだ。

ここから先は大人たちに任せても大丈夫なのではないか……いや、そうじゃないだろ。

本来、俺は晶の兄貴であり、姫野晶のサブマネージャーだ。

俺が行くべきだ、違う、行きたいんだ。

俺は、晶を探しに行きたい。

でも、そんなことをしたら、今度こそ光惺や結菜、星野たちに迷惑をかけてしまうかもしれない。修学旅行にやってきた三年生全員にも――

わがままを通すわけにはいかないが、でも、やっぱり、俺は……行きたい。

そのとき――


「えい」


急に背中をトンと押された。

驚いて後ろを見ると、結菜が俺の背中を押したようだった。

「涼太《りょうた》らしくない」

「結菜……」

「まだ涼太の中では終わっていないよね？」

すると星野がコクリと頷《うなず》く。

「大丈夫！　点呼に間に合わなかったら、私から先生に、真嶋くんの妹さんが大変なことになったって伝えるから！」

光惺も笑みを浮かべ、顎で「行けよ」と伝えてきた。

——そうだよな、俺らしくない。

最近は、周りの空気を読んだり、うまく立ち回ることばかり考えていた。前までは考えるより先に身体《からだ》が反応していたのに、どうやら頭が固くなっていたらしい。

結菜《ゆいな》と光惺と星野に背中を押され、俺は大人たちの前に出た。

大人たちの会話に割って入るのは緊張するが、俺は大きく深呼吸をして、口を開いた。


「俺も行きます！」


大人たちは戸惑うように俺を見た。

「でも、真嶋《まじま》くんは修学旅行中ですよね？　皆さんと一緒にこれから——」

小深山《こみやま》さんは狼狽《うろた》えながらも、筋を通そうとした。

けれど、今の俺にもう迷いはない。

「点呼までにホテルに戻れば大丈夫です」

すると結菜たちもうんうんと頷いた。俺は後押しされるかたちで力強く言う。

「晶は俺の大事な義妹《いもうと》です。すずかちゃんも、前に一度、迷子になっているところを助けたことがありますし」

「しかし……」

「小深山さん、やっぱり俺には無理そうです。器用に立ち回ろうとか、仕事とプライベートを分けようとか、そういうのは……」

俺がそう言うと、新田さんが笑みを浮かべた。それが正解よ、という感じの笑いだった。

――ほんと、新田さんの言っていた通りです……。

俺にとっての、後悔のない道は、ただ一つしかない――

「誰がなんと言おうと、俺は晶たちを助けに行きます！　俺は晶の兄貴です！　サブマネージャーです！　俺にとって晶は、大事な人なんです！」

そう言って小深山さんの目をまっすぐに見据えると、小深山さんは気まずそうに視線を落とした。

「真嶋くんにとって、晶さんはとても大事なんですね……」

「え……？　はい、もちろんです。じつは俺、弟がほしくて……まあ、妹だったんですが、今では俺にとって大事な家族です。切っても切れない縁ってやつですかね……」

言いながら、俺はだんだん恥ずかしくなってきた。

それにしても、なぜ小深山さんは、なにかを諦めたような顔をしているのだろうか？

いや、そんなこと気にしても仕方がない。

今は晶とすずかのことが優先だ。

すると建《たける》さんはしかめっ面《つら》を笑顔にして、そばにいる新田さんに言う。

「こいつはまた、ド派手な大見得を切られちまったな？」

「こうなったらもう無理ね。やんなっちゃうわ、ほんと」

そう言って、新田さんも可笑《おか》しそうに笑った。

小深山さんは、納得せざるを得ないと思ったらしく、困ったような、諦めたような、そういう複雑な表情を浮かべながら口を開いた。

「では、真嶋くんにもお願いしていいですか？」

「はい！　……あ、でも、ちょっと……」

「どうしました？」

「じつはお土産を買いすぎてしまって……だから、その……タクシー代を貸してもらえませんか……？」

すると俺以外の全員が「はい？」という顔になった。

――まあ、こういう締まらないところは俺らしいというか……。

大人たちは可笑しそうに笑ったが、返さなくてもいいと言ってタクシー代をくれた。

＊　＊　＊

そのあと、俺は光惺たちに感謝を伝えてタクシーに乗り込もうとした。

すると建さんが「真嶋」と言って、タクシーの手前で立ち止まった。

「どうしたんですか？」

「すまんな」

「え？　なにがですか？」

「俺はここに残る。ちょっとやることがあってな。だから、晶のヒーローは任せた」

「なんですか、それ……」

そう言うと、建さんはへへっと苦笑いを浮かべた。

「晶のこと、それから小深山の娘のこと……頼んでいいか？」

一瞬戸惑ってしまったが、考えている時間はない。

「任せてください。必ず連れて帰りますから——」

「ああ。それとな、真嶋……」

「なんですか？」

建さんは穏やかな笑みを浮かべて、俺の肩に手を置いた。

なんだか、そっと触れるような、柔らかな手の置き方だった。

「……晶のこと、これからも頼んだぞ？」

「え……？　あ、はい……わかりました……」

俺は腑《ふ》に落ちないものを感じつつも、建さんから晶の荷物を受け取った。

急いでタクシーに乗り込み、俺はみんなに見送られるかたちでアニバをあとにした。

「今の、お兄さんのお父さん？」

気さくな運転手さんのようで、ルームミラーごしに笑顔になっているのが見える。

「いえ、なんと言いますか……」

俺は、建さんとの今までを思い出して——

「……二人目の父親って感じですかね」

そう言って、なんだか照れ臭くなった。

「ええなぁ、そういうの。兄さんもええ人そうやけど、そこまで慕われる人も、きっとええ人なんやなぁ」

「はい」

アニバから遠ざかる。

振り返ると、送り出してくれた人たちの姿が見えた。

一番手前に建さんが佇《たたず》んでいる。

どんどん遠ざかる。建さんが小さくなっていく。

建さんのニカッと笑う顔が、やがてぼんやりとして見えなくなった。

そのとき俺は、なんだかひどく寂しい気持ちになった。

＊　＊　＊

高速に乗って一時間が経《た》った。俺は位置情報共有アプリを開いたまま、後部座席からじっとフロントガラスの向こうを睨《にら》んでいた。

晶《あきら》とすずかはまだ見つかっていない。

運転手さんが協力的な人で、長距離トラックが停《と》まりそうなサービスエリアを教えてくれて、何箇所か回ってみたが、防犯カメラで見たトラックはなかった。

荷台のデザインが特徴的だったから、見ればすぐにわかると思ったが、そう簡単でもないらしい。

もしかすると、休憩せずにそのまま東京へ向かっているか、あるいは広島方面に行ったか——わからないが、今はとにかく探すしかない——

＊　＊　＊

——あれからどれくらい経ったかな？

すずかちゃんはまだ眠っている。

そうしているうちに、トラックがゆっくり走ってるなと思ったら、どこかで停まった。

エンジンを切ったタイミングで僕は荷台の外に向かって、バンバンと叩《たた》いて、大声を上げる。

「開けてください！　中に人がいますっ！」

でも、ダメだったみたいで、荷台の扉が開く気配はない。ドライバーさんはどこかへ行っちゃったみたいだ。

なにか、できることはないか、僕は頭をフル回転させる。

そのとき、すずかちゃんがバッグを背負っていたことを思い出した。

「すずかちゃん、起きて？」

「ううん……」

起きる気配がない。ほんとよく寝るなぁ、この子……。

「……ごめん。バッグ、開けさせてもらうね？」

小学生なら、防犯ブザーとか……ランドセルではないけど探ってみる。

荷台は真っ暗だし、手探りでなんとかしなければ――そのとき、なにか硬くて知っている感触のものがあった。

「スマホだっ！」

手探りでスマホの電源を長押しすると、電源が入った。

ロックはかかっていない。ディスプレイに映っているのは、小深山さんともう一人、たぶんすずかちゃんのお母さんだろう。

――あれ……？

どこかで見覚えのあるような、ないような……まあ、それはそれとして、充電は30％くらいある。

「これなら電話できるかも！」

でも、しまった……。

誰かに電話をかけようにも、電話番号覚えてないぃー……。

こんなとき、どうすれば……。

あ……このスマホ、和紗《かずさ》ちゃんのと同じだ――

『えへへ、スマホ新しいのを買ってもらったんだけど、超便利な機能があるんだよねぇ』

『へぇ、どんな機能？』

『晶ちゃん、スマホ貸して。――ほら、こうやってスマホの背面同士を合わせると、相手側の充電ができちゃうんだ〜』

『……要る？　その機能……』

『要るよっ！　彼氏とデートしてるときに、彼の充電がなくなっちゃったときとかっ！　和紗、お前はやっぱ気が利《き》くなぁ、俺と人生もシェアしないか？　……みたいなっ！』

『えーっと、えーっと……じゃあ、早く彼氏をつくらなきゃだね？　あははは……』

――そっか！

僕はすぐに自分のスマホを取り出して、背面同士を合わせる。

バッテリーのシェアモード機能がオンになっていることを願って、お願い！　――

＊　＊　＊

「――あっ……！」

アプリに反応があった。

晶の位置――やっぱり東京方面。しかも動いていないということは、その場所にいる。

……が、地図を拡大しているうちに途絶えた。

電波が悪いのか、スマホが故障中なのかはわからないが、今のがアプリの誤作動でなければ方向は間違っていない。

電話をかけてみたが、やはり繋《つな》がらなかった。

俺は運転手さんに地図を見せる。

「すみません、このあたりにパーキングエリアとかサービスエリアってありますか？」

「ああ、このあたりなら知ってるでぇ」

「じゃあ、お願いします！」

追いつく前に、再びトラックが動き出したら、また追いかけっこになってしまう。

頼むからそのまま動かないでくれ、と俺は祈った。

＊＊＊

アプリの反応があった近くのサービスエリアまで二十分で到着した。

細い道から駐車場のエリアが見えた。左手には建物やトイレ、その奥にはガソリンスタンドがある。大型トラックは奥のほうに何台も停まっているのだが、果たして――

「……あっ！　停めてください！」

目当てのトラックと思われるものを発見した。運転手は乗っていない。俺はすぐにタクシーから降りてその車へと向かう。

荷台のデザインは――一緒だ。防犯カメラで見たものだ。

するとそこに、中年の運転手らしき人が戻ってきた。

「……ん？　君、どうした？」

「すみません、このトラック、アニバから来ました？」

「ああ、そうだけど？」

「荷台に人が乗ってるかもしれません！」

「えぇっ⁉」

すぐに荷台を開けてもらうと、暗い個室に細い光が差し込み、一気に明るくなった。

「晶っ！」

思わず叫んだ。すると奥から――

「兄貴……？」

ひょっこりと眩《まぶ》しそうに顔を出したのは晶だった。

「すまん、待たせた」

俺はほっとしたのもあって笑みを浮かべる。

「あ、あ……兄貴ぃいいい――――っ！」

緊張の糸が切れたのか、よほど不安だったのか、晶の目からぶわりと涙が零《こぼ》れた。

そうして、俺の元にゆっくりと近づいてくる。

「ごめん、兄貴……」

「いいって、悪気があったわけじゃないだろ？　それより、すずかちゃんは？」

「そこで寝てるよ……」

「そっか……」

俺はまた心底ほっとしてため息を吐《つ》いた。

「あの、すみません……」

忘れていたが、トラックの運転手さんがいた。

「なんとお詫《わ》びを言ったらいいか……。荷台を確認しないまま車を出してしまって」

「あ、ぜんぜん……勝手に乗り込んでしまったのはこちらなので――」

運転手さんと話をしたいところだが、先にあちこちに連絡をとることにした。

まず広島方面へ向かった小深山《こみやま》さんに発見の連絡をした。小深山さんは電話の向こうでほっとしたような声になって、感謝を伝えられた。引き返してアニバに向かうという。

次に、グループＬＩＭＥで光惺《こうせい》たちにも発見した旨《むね》を伝えた。

光惺たちはすでにアニバから関空へ向かったらしい。途中、べつのところに寄りたいと、三人で寄り道をしながら向かっているというＬＩＭＥがあった。

新田《にった》さんにも電話をかけると、晶の顔を見てから帰ると言った。慌てた様子はなかったが、たぶんほっとした顔をしているだろう。

ただ一人、繋がらない人がいた。

（建《たける》さん、電話出ないな……）

新田さんの話だと、あのあと少し会話をして、ふらっとどこかに行ったらしい。

とりあえず着信は入れておいたから、気づいたらかけ直してくれるだろう。

＊　＊　＊

トラックの運転手さんと連絡先を交換して別れ、俺たちは待っていてもらったタクシーに乗り込んだ。俺が助手席に乗り、晶《あきら》とすずかは後部座席に乗った。

「すずかちゃん、よく寝てるな？」

あれだけ騒がしくしていたのに、すずかは相変わらず眠り続けている。

「うん。アニバからずっと……疲れちゃったのかな？」

なかなか図太い性格なのだろうか。もしかすると、将来は大物になるかもしれない。

「晶も疲れてるだろ？」

「ううん、僕は平気……」

「にしても、スマホはどうなってたんだ？」

「えへへ……充電切れ」

俺はちょっとだけ呆《あき》れて、すぐに微笑を浮かべる。

「だと思った……。でも、一瞬だけ電源入れただろ？」

「うん、トラックが停《と》まったタイミングで。すずかちゃんのスマホ、バッテリーシェア機能があるタイプだったんだ」

「ああ、それたしか、送る側のスマホの充電が何十％とかないと使えない機能だろ？」

「たぶんそうかも」

「そういえば西山《にしやま》が得意げに見せつけてきたなぁ～……──」

『セーンパイ♪　私と人生シェアしません？』

『なにそれ？　意味わからん』

『いいからいいから～、スマホの背面同士をくっつけて～』

『その程度で人生をシェアする契約が成立するのっ!?　やだ！　つーかなにその文化!?』

──と。

たしかそのときにそういうスマホがあることを知ったのだけれど、西山が言いたかったことだけは最後までわからなかった。……あいつは常に意味不明だし。

いや待て。ということは、今回の晶たちの発見は西山の手柄でもある……？

ふむ……忘れよう。

「それでさ、充電させてもらったんだけど、ちょっとしか充電ができなかったみたいで、電話をする前にまた切れちゃったんだよね～」

なるほど……——ん？

「あのさ……すずかちゃんのスマホで、小深山さんに電話をすれば良かったんじゃ……」

「…………あっ！」

晶の顔がみるみるうちに真っ赤になった。

「あのときは、とにかく必死で……」

「あ、うん……もう大丈夫。結果オーライだし……アプリが起動したから、俺も場所を特定できたわけだし……」

「フォロー、ありがとう……」

必死だったんだ……そういうことにしておこう。

「そ、それにしても、兄貴はよく僕らを見つけられたね？」

「まあな……俺は、お前の兄貴だからな？」

親父《おやじ》と電話したのが良かった。

あのアドバイスがなかったら、まだアニバのあたりをウロウロしていたかもしれない。

そんな話をしているとすずかが起きた。寝ぼけ眼《まなこ》で俺の横顔を見ながら、

「……あれ……パパ？」

と、言った。俺は思わず苦笑いを浮かべたが、すずかの意識がはっきりしてくると、俺が誰なのかようやくわかった顔をした。

「……涼太《りょうた》おにいちゃん？」

「そうだよ」

「ここ、どこ……？」

「タクシーの中。今、パパとママのところに向かってるんだ」

するとすずかはきまりの悪そうな顔をした。

「怒られちゃうかな……？」

「どうだろうね？　すずかちゃんが無事で喜ぶかもしれないよ？」

晶はそう言って、そっとすずかの頭に手を置いた。

「でもね、パパとママ、すっごく心配してると思う」

「ごめんなさい……」

「ううん、ごめんなさいはパパとママに言わなきゃね？」

「うん……」

晶が頭を撫《な》で続けると、すずかはそのうちまたウトウトとし出して、晶の膝に頭を置いて眠りについた。

「兄貴、効果は絶大だね」

「ん？　なんの話？」

「ほら、僕が転校初日のとき。クラスの人たちに囲まれていっぱいいっぱいだった僕を、昼休みにこうやって撫でてくれたじゃん？」

「……ああ、よく覚えてるな？」

「忘れられないよ。あのときも兄貴が助けにきてくれて、嬉《うれ》しかったなぁ……」

晶は俺に倣《なら》ったらしい。

俺は親父に倣ったのだが、不思議と不安や辛《つら》さが薄れていく魔法の手のことだ。

「今日のことが、すずかちゃんにとって悪い思い出にならないといいね？　思い出の場所が嫌な場所になっちゃったら可哀想《かわいそう》だもん」

「俺もそう思うよ」

すずかの穏やかな寝顔を見ながらそう言うと、

「でも、アニバのあとに病院に行くんじゃ、逃げ出したくなっちゃうのもわかるなー」

俺は「え？」と思った。

「晶、病院って……？」

「ん？　なんかねー、検査か予防接種かなにかでこのあと病院なんだって」

――それはおかしい。

予防接種の前は、体調を崩さないために過度な運動は控えろと言われるはずだ。検査にしても、アニバで遊び回ったあとに連れて行くだろうか――

「……兄貴、どうしたの？」

「なんか引っかかってな……」

「なにが？」

俺はすずかの寝顔を見ながら思う。

「……なんだろう。なんか、少しだけ引っかかったというか――」

――なんだろう、この違和感は……。

＊　＊　＊

――小深山が先にアニバに戻ったあとのこと。

小深山は亜美《あみ》と、涼太たちが戻ってくるまでこんなことを話していた――

「しかし世間は狭いな。肩身も狭くなる思いだよ……また迷惑をかけた、すまない」

「……今日のことは仕方がないとして、昨日の件は謝ったの？」

「ん？　昨日の件、とは……？」

小深山は首を傾《かし》げる。亜美は突然なにを言い出したのだろうか。

「昨日の現場のことを聞いたの。……良くないわ。自分で肩身を狭くしているだけよ」

亜美は表情一つ変えずに言った。そこで小深山も察するが、知らないフリをした。

「……なんの話だ？」

「わかっているくせに。自分のドラマにすずかちゃんを無理やり差し込んだわよね？」

貝のように口を閉ざした小深山の横で、亜美は淡々と話し続けた。

「やってはいけないとは言わないわ。あなたは偉い人だもの。でも、これは友人としての忠告――」

亜美はいっそう厳しい目つきで言った。

「――ほかの子を降ろして自分の子供を差し込むのはさすがにやりすぎだわ。いきなり降板させられた子の気持ちやキャリアを考えなさい」

小深山《こみやま》はただ「すまない」と言って、複雑そうな表情を浮かべた。

亜美の怒りはいったん引っ込んだが、今度は小深山のことが気になった。

「なんでこっちに家族を連れてきたの？　ううん、なにかあるの？」

「なにか、とは？」

「家族を出張に連れてくるなんて、仕事とプライベートを完璧に分けていたあなたらしくないもの。それに、あなたは焦《あせ》っているように私には見える……長い付き合いだから」

小深山は眉間にしわを寄せたが、その顔はすっかり疲れ切っていた。

「べつに焦っては……いや、正直なところ私は焦っているのかもしれない。わからなくなったんだ。仕事と家族……両方うまくいくと思っていたんだが……」

亜美は残念そうに呟《つぶや》いた。

「そうなっちゃったら、プロデューサーなんて仕事は降りたほうがいいわ」

「ああ。今の仕事が終わったらそうする……忠告、感謝するよ」

「それで、本当はなにがあったの？」

「……君には関係のないことだ」

そう言って、小深山は大きく息を吐いた。

「……亜美、お前はいつ辞めるんだ？」

「私？　私は晶《あきら》ちゃんを磨ききってからと決めているの」

「姫野《ひめの》の娘か……。才能は？　あるのか？」

「そうね、私たちみたいな元役者なんて足元にも及ばないくらいのダイヤの原石よ」

亜美は「ただね」と言ってふっと笑ってしまった。

「涼太くんがいないとダメそうね、あの子」

「え？」

「涼太くんから聞いてなかった？　晶ちゃんのサブマネをやっているの」

「そのことなら聞いたが……」

「彼、なかなか見所のある子で、熱心だし、真面目だし、たった二ヶ月で普通の社員が一年かけて覚える仕事を覚えちゃったの」

「へぇ、真嶋《まじま》くんが……晶さんのために？」

「そう、その一途《いちず》な想《おも》いが涼太くんを成長させた。もちろん晶ちゃんもね。あの二人はそうやって、お互いをお互いに支えたいと思っているの。もし片方でもグラついたら、きっともう片方も一緒に倒れてしまうでしょうね」

小深山は難しい表情を亜美に見られないようにした。亜美は構わずに続ける。

「だから似てるわ。涼太くんと、昔のあなた」

「……そんなに似ているか、私と真嶋くんは？」

「え？　ええ……誰かを支えるために努力しているところ、真っ直《ます》ぐなところ……そういうところが好きだったわ」

「そうか……似ているか……」

ふと、小深山は懐《なつ》かしむような目をして、自分の右手の甲を見た。

——遠い日の思い出だ。

大学を出たてのころ、建《たける》と亜美と三人でよくつるんでいた。居酒屋で将来の夢について語り尽くした。たまに口論や喧嘩《けんか》もあったが、最後には互いを分かりあった。

真っ直ぐだったころの自分は、たしかにあの少年、真嶋涼太によく似ていると思う。

それにしても——あのころは若かったなと思えるほどに歳《とし》をとってしまったのだと、しわの増えてきた手の甲が言っていた。

しわの数だけ歳をとった。いつしか三人とも親になっていた。

三人の関係がバラバラになってしまったのは、子供ができたからではない。

三人で思い描いていた夢が破れてしまったからだ——

「君と俺は役者を辞めた。残ったのは姫野だけだった……」

「ええ……。娘の手前、なにがなんでも成功したいと思っているみたい。さんざん辛酸を嘗《な》めてもしがみついているわ。諦めない頑固さは昔のまま。――でもね……」

亜美はいっそう寂しそうな、悲しそうな顔になった。

「私たちとの最後の約束も果たそうとしてくれてるんじゃないかって、そう思うの……」

「姫野が……？」

「だって、そうでしょう？　そうじゃなきゃ、大嫌いな相手がプロデューサーを務めているドラマのオファーなんて受けないわよ」

「………………」

「あなただってそうでしょう？　あのときの約束を果たすために、建さんにオファーを出したのよね？」

小深山はなにも言わなかったが、沈黙がすべてを語っていると亜美は思った。

「だったら……きちんと仲直りしてちょうだい……お願いだから……」

小深山はなにも言わず、ただ黙ったまま空を見上げた。

大きく息を吸い込んで、鼻から吐き出す。

スッキリと晴れ渡った空に、一筋の飛行機雲があった。

目で追いかけると、だんだんと雲がぼやけていく。

――いや、そうではない。

目を閉じると、熱くなった目頭から、一筋の涙が滴《したた》った。

たぶんこれは、空の青が目に染みたのだと小深山は思った――

＊　＊　＊

――そのころ、建も同じ空を見上げていた。

駐車場を少し歩いた先にある茂みのあいだ、建は大の字になって寝転んでいた。

（さっきはヤバかったな……でもま、俺の芝居もまだまだ捨てたもんじゃねぇや。真嶋も気づかなかったみてぇだし……）

あれが最後の大芝居かと建は苦笑いを浮かべたが、表情筋を動かすのもやっとだった。身体《からだ》に限界がきていた。

もう少し頑張りたかったが、ヒーロー役を涼太《りょうた》に託して正解だったと思う。

亜美と話したあと、フラフラしながらここまでやってきた。頭がぼんやりしてはっきりしない。でも、なんだか気分はいい。目の前に広がる青空のせいかもしれない。

見上げた先にある一筋の雲が、なにか、一本の道のようにも見えて――

「ありゃあ、天国へ続いてんのかなぁ……」

ポツリと呟くと、なんだか笑えてきた。

神様なんて信じる質《たち》ではない。信じるとしても、自分にとって都合の良い神様ばかりだった。そんなんだからツキに見放されるのだと思ったが、最後に見た景色が、この青空だと思うと、神様が多少は同情してくれたのかと思った。

いや、考えてみると俺はツイていた。

医師の宣告から一年余り、なんとかここまで身体が保《も》ってくれた。

そのあいだに愛娘《まなむすめ》の成長を、嬉《うれ》しそうに喜ぶ姿を、たまに怒られたりもしながらも見届けることができた。

父親らしいこともできた。

役者としてのアドバイスもできた。

娘以外の他人に対しても、多少のお節介を焼くこともできた。

そして、大きな仕事をもらうことができ、いい芝居をすることもできた――

あれもできた、これもできた――

できたことを指折り数えるだけでも、この一年、しっかりと命を使えたのだと思った。

ただ……もう少し、娘の成長を見守りたかったというのは欲張りなのかもしれない。

それでも建には確信があった。俺の娘だ、もうなにも心配ないと。

確信だけでなくきちんと根拠もある――

――昨日、晶と芸能神社に行ったときの話である。

晶が熱心にお祈りをしていたので、気になって声をかけてみることにした。

「なにをそんなに必死に祈ってたんだ？」

「えへへへ、兄貴のこと」

「俺は？」

「お父さんはー、……ちょっとくらい」

「あ、そう……」

悪戯《いたずら》っぽく笑う晶は無邪気に振る舞っているが、すっかり大人の顔になっていた。

「で、真嶋のことっていうのは？」

「マネージャーの仕事ってすごく大変なんだって。いっぱい勉強することがあるし、体力勝負だし、巻き込んでしまった僕としては兄貴に元気でいてほしいのです！」

思わずふっと笑ってしまった。

せっかく芸能神社に来たのに、自分のことより兄貴のことか。

どこまでも兄貴のことしか見てないのだなと呆《あき》れたが、反面、嬉しかった。

晶がそう思えるくらい、真嶋涼太は晶を大事にしてくれているのだと思って――

「晶、兄貴にお守りを買っていくか？」

「うん！　なにがいいかな？」

「どれ、俺も一緒に選んでやる――」


――そのときのことを思い出して、またふっと笑ってしまった。

（真嶋……涼太か……）

環境が人をつくるのなら、今の晶の輝きがあるのはあいつのおかげだ。

娘をとられたようで、ほんの少しだけ寂しい気持ちもあるが、あいつなら任せても大丈夫だと建は思った。

だから、心残りはない。

亜美《あみ》とも涼太と晶のことを話したし、引き裂くなと警告もしておいた。

もう十分だろう。

きっと大丈夫だ、あの二人なら――

意識がぼんやりとしてきた。

眠るときとは違って、どこかに意識を引っ張られていく感覚だ。

目蓋《まぶた》を閉じたら、もう起きられないかもしれない。

最後に、なにかいい夢を見られたらいいな——そう思いつつ、建は笑顔のまま、静かに目蓋を閉じた——

——景色が移り変わった。

そこにあったのは暗闇ではなく、どこかの、小さな公園。

そこに少年が一人、しょんぼりとしながら、ベンチに座っていた——

# 第12話「じつはみんな大きな『○』の中にいまして……」

ドラマの撮影が終わって、とある公園の前を一人で通りかかったときのことだ。

「──よお、坊主《ぼうず》。しょぼくれてどうした？」

建は図々《ずうずう》しくも、少年の座っているベンチの隣にどっかりと腰を下ろした。

「え……？」

サングラスをかけたスーツ姿の強面《こわもて》の男がやってきて、少年は一瞬ビクッとなったが、次第に警戒心を解いていく。というより、なにかを諦めた顔になった。

自分はどうなってもいい──そんな様子で、不貞腐《ふてくさ》れているというよりも、うら悲しいような、人生に冷めているようにもとれる顔だった。

「しょぼくれてんなぁ？　母ちゃんに叱られたか？」

少年は首を大きく横に振る。

「母さんはもう帰ってこないんだって……」

「……そうか。悪かったな」

「ううん……」

「いつだ？　出ていったのは？」

「こないだ……」

訊《き》いて、建《たける》はやるせない気持ちになった。

娘とそう歳《とし》も離れていない少年は、おそらく六つか七つくらいだろう。母親がまだ恋しい時期だ。もっと甘やかされたいだろうに。

「僕は要らなかったのかな……」

「さぁてな……」

正直その母親の気持ちはわからないが、要る要らないの単純な話ではないと思う。もっと物事というものは複雑だ。親になって、建もそう思うようになった。

けれど、この少年にそのことを話しても理解が追いつかないだろう。

だから、こう言っておくことにした。

「ま、気の持ちようだ」

「……気の持ちよう？」

「ああ。どうやって自分のしょんぼりした気持ちをなくすかだ」

「どうしたらいいの……？」

父子家庭で育った建が知っている方法は、一つしかなかった。

建は「ふう」と息を吐く。

「母親を、お前の中から遠ざけろ」

「え……？　どういうこと？」

「坊主が捨てたことにすんだよ。母親なんて要らないってな」

すると少年は、案の定、悲しい表情を浮かべた。

「……できないか？」

「わからないよ……」

建は「そうだな」と言って考え込む。

「生きてるとよ、切りたくても切れねえ縁ってやつができる」

「エン……？」

「ああ。人と人の繫《つな》がりだ。良い意味でも、悪い意味でも、縁ってやつは生きてればどっかで結びつく。そうそう、おんなじエンって読み方の漢字がいくつもあるんだ──」

建は木の棒を拾い上げると、地面に『縁』と『円』、それから『遠』を書いた。

「縁ができりゃ人の円が広がる。世の中はそういうふうにできている。縁を切りたくても、そいつはもう自分の円の中にいるんだ。忘れられねえもんさ」

そう言って、建は大きな『◯《マル》』を地面に描いた。

その中心に『坊主』、円の端っこに『母』と書く。

「これが坊主の円の中。すでに母親がいるな」

「なんで僕とはなれちゃってるの？」

「まあ、見てな――」

そして、『坊主』の周りに『父』『友』『友』『友』と書いた。

「どうだ？　親父《おやじ》さんとか友達が近くにいるだろ？」

「うん……」

「遠ざけろって言ったのはこういうことだ。周りの人を大事にすれば、要らない縁は遠くに置いてけぼりになる。なぁに、簡単だ。身近な人を大事にすればいい。そしたら母親なんてどうでもよくなっちまう。そういう気の持ちようだ」

それから建は『◯』の中に『先生』『親戚』『いとこ』と思いつく限りの関係を書いた。

「縁と縁が繋がっていって、坊主は寂しくなくなる。自分の近くにいる大事な人が増えれば増えるほど、その人たちのことを考える時間も増えるんだ」

つい理屈っぽく話して失敗したなと思っていたら、少年は「へぇ」と感心したように、建の足元の落書きのような図を見つめていた。

「ま、これが環境だ。環境ってやつは、こうやって自分でつくっていくんだ」

そう言って建はポンと少年の肩に手を置いた。

「まとめると、今の環境、近くにいる人たちを大事にしろってことだ」

「うん！　なんか、わかった気がする！　ありがとう、おじさん！」

すると少年は、建から木の棒をとって、円の『坊主』の近く、『父』と『友』のあいだに『おじさん』と書いた。

「こういうことだよね？」

ニコッと笑った少年を見て、建は急に気恥ずかしくなった。他意があったのかはわからなかったが、自分を近くに置いてもらえたのだと思って、なんだか嬉《うれ》しかったのだ。

「ん？　まあ、そういうことだ……」

「どうしたの？」

「なんでもねぇ……そりゃそうと、いちばん大事なことを伝えておく――」

恥ずかしさ紛れに、建は人差し指をピンと立てて、

「メンデルの法則は血が通ってねぇ」

と、言った。

「……え？　メンデル……？」

「ま、簡単に言っちまえば、大事なのは血の繋がりより心の繋がりってことよ」

「なにそれ、わからないよぉ……」

少年が難しそうに言うと、建は思わずははと笑ってしまった。

「ま、これについては説明抜きだ。理科の勉強をしたらわかるようになるかもな？」

「理科は苦手……」

「俺もだ」

そこで建は、お互いに名乗っていないことを思い出した。

「俺の名前は姫野《ひめの》っていうんだ。坊主、お前の名前は？」

「僕は――」

「へぇ、いい名前だな？」

「うん！　僕もこの名前が好き！」

「そっか……強くなれよ――」

――真嶋涼太《まじまりょうた》

急にはっとなって、建は目蓋を開けようとした。

そのつもりだったのに、すでに自分の力では開かなかった。

代わりに、目蓋の裏に感じる光が眩《まぶ》しいことだけは、はっきりとわかった。

(——なんで、忘れちまってたんだろうな……)

つくづく歳をとったな、と思った。

(つーか、なんで思い出すのが真嶋《あいつ》なんだよ……俺もいよいよヤキが回ったか……フッー
晶《あきら》だろ、晶……)

目蓋の裏に二人の顔を思い浮かべる。

大事な娘と、息子のように接した娘の兄貴の顔を——

口だけは動かせそうだったので、建は最後にこう伝えておこうと思った——

「あき、ら……まじ、ま……あ、り……——」

——ありがとな。

いい人生だった。ありがとう——

五月の終わりを告げるように強い風が吹いた。

ずいぶん清々《すがすが》しい日である。

青空に浮かぶ飛行機雲が消えかかっていて、なにもない青空になろうとしていた。

＊＊＊

そのころ、関西国際空港に到着した光惺《こうせい》たちは、飛行機の離着陸を眺めていた。

「光惺くん、どうどう？」

「どうってなんだよ？」

「飛行機、苦手なんだよね？　克服できそう？」

「できるかよ……つーか人のことイジんな。それ、涼太みた……」

光惺は口をつぐんで「やべっ」と内心思った。

それとなく結菜《ゆいな》を見る。

結菜は表情一つ変えず、遠くを見る目で、窓ガラスの外の青空を眺めていた。

「結菜、そろそろ次の場所に移動する？」

と、星野《ほしの》が気《き》を利かせて言った。

「そうだね」

「あ、あのさ……いい天気だね？」

「うん……」

星野は結菜に気づかれないように、静かにため息を吐《つ》いた。

「……今、なに考えてたの？」

途端に光惺は、星野を睨《にら》んで「アホ」と内心で言った。

けれど、星野の顔は微笑《ほほえ》んでいるようで、目はとても真剣だった。

光惺はきまりが悪そうに金髪を掻《か》く。ここは女子同士の話に任せるしかないと思い、手すりに身体《からだ》を預けて待つことにした。

「真嶋くんのこと？」

「……うん」

「一緒にここにいなくて、寂しい、とか……？」

「うん……寂しい気持ちはある」

結菜はそう言いながら微笑みを浮かべる。

「でも、卒業旅行もあるし──」

「未来のことじゃなくて、結菜の今の気持ち。アニバからずっと浮かない顔だし、なんか心配でさ……」

星野の言わんとしていることを光惺は悟って「はぁ」とため息を吐いた。

けれど口出しはしないようにしようと、無言を貫いた。

「やっぱり、真嶋くんのことが好きなんだよね？」

「…………」

「どうなの？　それが引っかかってるんじゃないの？」

星野が優しくそう言うと、結菜は微笑を湛《たた》えたまま、そっと口を開いた。

「……うん。たぶん、この気持ちは、そうなんだと思う」

結菜はそっと胸に手を置いて――

「私は、涼太のことが好き」

と、言った。

光惺は、ついに言ったかと思ったが、結菜の表情を見てすぐに「あれ？」と思った。

一人、星野は慌てたように話す。

「だ、だったらさ、この修学旅行中に告白しちゃいなよ？　不安だったら私もついていくし、光惺くんだって――」

「いや、俺はカンケーない」

「光惺くん……！」

「千夏《ちか》、お前もカンケーないんだから、あんま口出さないほうがいいって」

「でもさ、最近の結菜、ずっと悩んでて――」

「ううん、もう平気」

と、結菜は口を開いた。

「もう解決した感じ。あと、涼太のことで悩んでたわけじゃなくて、自分のこれからのことでだから……」

「これからって？　進路のこと？」

「うん。今やっているお仕事のこと」

「ああ、短期バイトのこと？　将来的に正社員になりたいとか？」

短期バイト――星野にはそう伝えていたが、結菜はずっと心苦しく思っていた。

自分のことを想《おも》ってくれる大事な友達に、これ以上嘘《うそ》も隠し事もしたくない。ただ、そのことを伝えるのは、自分が楽になりたいからだとも思って、今まで秘密にしてきた。

「ごめん、今まで嘘をついていたの」

「え？　嘘って、なんの……？」

「短期バイトじゃない。──私、グラビアアイドルをやってるの……」

結菜が辛《つら》そうに告白をすると、星野は一瞬ポカンとした顔になった。

「本当にごめん。ずっと言えなくて……」

「えっと……うん……」

これで、嫌われてしまっただろうか。結菜がそう思うと──

「知ってたよ！　グラビアのこと！」

星野はニコッと笑みを浮かべてそう言った。

「え……？」

「まあ、たまたまだったけど雑誌に載ってたからさぁ……でも、周りに秘密にしたいんだろうなって思って、知ってたけど、知らないフリをして結菜を騙《だま》してたの」

「千夏……それは騙すとかじゃ──」

「だからおあいこ。私のほうこそごめん……知ってたのに、踏み込む勇気がなくて」

星野が申し訳なさそうに言うと、結菜の目からポロポロと涙が零《こぼ》れ始めた。

「そのこと、知ってるのは？」

星野が訊《たず》ねると、結菜の代わりに光惺が言った。

「俺。同じ事務所だし」

「それはそうだよね……。えっと、真嶋くんは……？」

「知ってる」

「そっか……じゃあ、私だけ……」

光惺はきまりが悪そうな顔をした。

けれど星野は「ううん」と首を大きく横に振って、笑みを浮かべる。

「でも、今日、ちゃんと教えてもらったから大丈夫！　結菜、気にしないで？　私はショックとかじゃなくて、ちゃんと教えてもらえて嬉《うれ》しかったから！」

「あの……千夏、そうじゃなくて――私、ごめん……」

「ううん、こっちこそ……頼りなくてごめんね……！」

もらい泣きしてしまったのか、星野の目にもじんわりと涙が浮かんだ。

「結菜が悩んでたのに、相談に乗ってあげられなくて……私、自分のことでいっぱいいっぱいで、結菜のこと、もっときちんとわかってあげられなくて、ごめんね……！」

光惺は顔にあまり出さなかったが、この状況を見ていて内心驚いていた。

そうして、星野千夏という女の子をまだまだ侮《あなど》っていたのだと思い知らされた。

友達だから、なんでも話せる相手になりたかったのに、自分にその余裕がなかった。本当の意味で寄り添っていなかったのだ——と、星野は言いたかったのだろう。

これほどまでに友達思いな彼女の言葉に、光惺は柄にもなく心打たれていた。

「千夏、あんま自分を責めるなって」

「だって……結菜が悩んでたのに……」

「つーか、なんでお前まで泣いてんだよ？」

光惺が呆《あき》れて笑いながら言うと、星野は洟《はな》をすすりながら顔を上げた。

「なんか、わかんないけど……安心して……」

「安心？」

「悩みが解決したって言ってたから……あと、結菜が真嶋《まじま》くんのこと好きって言ったり、グラビアアイドルだって教えてくれたから……」

「なんだそれ？　わけわかんねぇ……」

光惺はふっと笑いながら、どうしようかとオロオロする結菜を見た。

「千夏、ありがとう——」

「ううん、私こそありがとうだよ、結菜……」

結菜が星野に抱きつく前に、光惺はやれやれと背中を向けた。

（なんだよ、この茶番……）

こういう場面に立ち会うのは正直苦手だが、光惺としては、わだかまりができる前に解決して良かったのだと思う。

少しばかり、行き交う人に奇異なものを見る目で見られたが、やがて二人は離れると、少し泣き腫らした目で笑い合った。

「でさ、真嶋くんのことだけど……」

星野《ほしの》がおもむろに言う。

「結菜、真嶋くんと付き合いたいよね？」

すると結菜はキョトンとした顔になった。

「……なんで？」

光惺は「はぁ？」と思いながら結菜を見た。

「だ、だって、好きなんだよねっ⁉」

「うん、好きだけど……？」

「だったら付き合いたいとかって思わないのっ⁉」

若干の不安と困惑があたりを包む。

「あ、そっか……違うの。そういう好きじゃないから」

「「はぁっ⁉」」

あの流れで？　と驚く光惺《こうせい》と星野に、結菜《ゆいな》は微笑みかけた。

「好きは好き。でもね、私が好きなのは、涼太《りょうた》が誰かのために頑張ってる姿。特に晶《あきら》ちゃんと一緒にいるときかな。私のためっていうときもあるけど、うん……好き」

そう言って照れ臭そうにしている結菜を、光惺と星野はあんぐりと口を開けながら、ただ黙って見つめていた。

「月森《つきもり》、そこは……──」

──本人を好きになってやれよ、この恋愛オンチ。

光惺はそう言いかけたが、すっかり呆れてしまって、心の中で留《とど》めておいた。

「じゃあ、さっきまでのアンニュイな感じはなに……？」

「涼太と一緒に来たかったなーって……」

「あの、じゃあさ……真嶋くんのことは、『推し』的な感じの好き？」

「うん。それに近いかも。私、涼太推し」

光惺は唖然《あぜん》としている星野の肩に手を置いた。

「千夏、そろそろ行こう……」

「そ、そだねー……ハァ〜〜〜……」

二人がなにに呆れているのかわかっていない結菜はキョトンと首を傾《かし》げる。

すると星野は「あっ！」となにかに気づいたような顔をした。

「まだ行ってないところがあった！」

光惺が「どこ？」と訊ねると、星野は持ち前の明るい顔を輝かせた。

「北ターミナルの四階！　結菜もカミングアウトしたことだし、私もそこでみんなに特技をお披露目したいなって思って」

「よし。じゃ、帰るか」

「ちょっ⁉　光惺くん、ひどくないっ⁉　いいから付き合ってよーっ！」

呆れて歩く光惺と、しつこく絡《から》む星野。

結菜は二人のあとについていきながら、なんとなく、

(上田《うえだ》くん、ひなたちゃんと千夏、どっちに転ぶんだろ……)

と、思った。

——そんなことがあったなど知らず、俺と晶とすずかはアニバに到着した。

親切な運転手さんにタクシー代を渡して歩き出すと、おぶっていたすずかがようやく目を覚ました。

＊　＊　＊

「……あれ？　ここ……」

「起きた？　アニバに着いたよ」

「もう少しでパパとママに会えるからねー？」

俺と晶はそう言って、笑みを浮かべた。

そのとき、晶は「あれ？」となにかを見つけた。

「すずかちゃん、バッグ見せて？　——これ、迷子札？」

どうやらすずかのバッグには迷子札がついていたらしい。

「ふぅん。名前とか連絡先が書いてあるのか？」

「うん。へぇ～、すずかちゃんの名前、漢字でこう書くんだ？　兄貴と一緒だよ」

「え？　俺と一緒って？」

「涼太の『涼』に『花』で、涼花《すずか》って書くんだね？」

「うん！　ママもいっしょのかんじー」

そのとき俺の足がはたと止まった。

心臓がドクンと跳ね上がった気がした。

――いや、まさか、そんなわけが……ただの偶然だよな……。

「兄貴、どうしたの？　顔色悪いよ……？」

「え？　ああ、いや、なんでもない……」

そう言ってまた歩き出したが、どうしても俺は気になって、恐る恐る涼花に訊ねた。

「あのさ、涼花ちゃん……」

「なぁに？」

「ママの名前、教えてもらえるかな？」

「うん。あのね――」


――ドクンッ……！


耳元でささやくような声だった。けれど俺の耳にははっきりと聞こえた。

いや、違う。単なる偶然だ。

ありふれた名前だから、きっと同名なだけだと俺は自分に言い聞かせた。

すると、小深山《こみやま》さんと新田《にった》さんの姿が見えてきた。

「涼花……！」「晶ちゃん！」

二人の声が重なったとき、俺はほっとして微笑を浮かべた。

ちょっとだけくたびれていたが、まあ、まだ大丈夫。

とりあえず、二人とも無事に連れて帰ってこられてよかっ……――


「…………え？」


再び心臓が跳ね上がった。

「さっきからどうしちゃったんだよ、兄貴……――兄貴？」

「…………」

俺は一点を見つめたまま動けなくなった。

小深山さんの影に立っている人――女性、それも知っている女。

向こうも俺のことを知っている。

知っている者同士で見つめ合い、互いに動けなくなっている。

ああ、なんで――なんで、俺はいつもいつも……。

先日、晶は俺のことを強運の持ち主だと言った。

けれど、運気には波があることも知っている。

良いことがあれば、悪いことがあるように、運には揺り戻しがある。

もし俺が強運の持ち主なら、なるほどと納得してしまう。

運気の揺り戻しが、向こうで驚いた顔をして立っていた――

# 最終話「じつは神様はどこかで見ているのではないかと思いまして……」

「──ストリートピアノ？」

カラフルなピアノの前、光惺が呆《あき》れたように言った。

「千夏《ちか》の特技って……」

「そ！ 私、お姉ちゃんと一緒にずっとピアノを習ってたんだー」

「なるほどな。──じゃ、わかったところで帰るか？」

「だからひっどぉ！ 弾くから聞いてよ！」

光惺は怠《だる》そうに金髪を掻《か》く。

すると結菜が口を開いた。

「なら、私、歌ってもいい？」

「え？ いいけど……」

驚く光惺と星野だったが、結菜は「そういう気分なの」と言った。

「じゃあ結菜、曲はなんにする？」

「それじゃあ──」

二人が会話を交わしているあいだ、光惺は「そうだ」とスマホを出した。
（せっかくだし、撮って涼太《りょうた》に送るか……）
準備が整ったらしい。
星野《ほしの》がピアノの鍵盤に手を置くと、やがて柔らかな音色がターミナルに響き出した。
なんだろう？　と少しだけ歩く速度を緩める人。
あ、と気づいて足を止める人。

――Amazing Grace《アメイジング・グレイス》
誰もが一度はどこかで聴いたことがあるだろう名曲だ。

前奏のあいだに星野と結菜はお互いを確かめるように頷《うなず》き合う。
その様子をスマホのカメラに収めながら、光惺はふとこんなことを思った。
（そういや、月森《つきもり》が歌ってるとこ見るの、カラオケぶりか……）
あのときはＪ－ＰＯＰだったが、こういう曲も歌うのかと意外に思う。
やがて前奏が終わると、結菜は「スゥー」と大きく息《ブレス》つぎをした――

〝Amazing grace, how sweet the sound〟

光惺《こうせい》は思わず息を呑《の》んだ。

肌から内臓へ突き抜け、心まで染《し》み渡るような結菜《ゆいな》の歌声――

全身を紙やすりで擦《こす》られたかのように、ぞわりと鳥肌が立つのを光惺は感じた。

周りにいた通行人たちも驚いた表情で、次々に足を止め、ピアノの周りに集まってくる。

そうして、光惺の後ろには、いつの間にか人集《ひとだか》りができ始めていた――

〝That saved a wretch like me〟

星野は微笑《ほほえ》みを湛《たた》えながら伴奏を続ける。

自分が奏《かな》でるピアノの音色と、結菜の透き通るような綺麗《きれい》な声。その一体感がとても心地いい。

それは星野にとってもじつに不思議な感覚だった。

ここがまるで空港ではなく、天上で弾いているかと思うような心地よさだった――

〝I once was lost, but now I'm found
Was blind, but now I see…
'Twas grace that taught my heart to fear
And grace my fears relieved
How precious did that grace appear
The hour I first believed…〟

間奏が始まる。

そこで結菜は突然視界が開けた気がした。雲間から青空が覗《のぞ》き、そこから地上に光が降り注ぐような、そういう不思議な感覚に包まれる。

すると――

目の前には、背中を向けて立っている彼。

いつも先に見つけるのは自分で、いつも先に声をかけるのも自分。

振り向いて「あ」と少し驚いたあと、いつものように微笑を浮かべる彼。

ついはにかんでしまいそうになるのをグッとこらえる自分。

なぜ、どうして。
彼の前だと、自分の気持ちをセーブしてしまう。
親しくなったのだから、友達になったのだから、もうそんな必要はないのに――

(――あ……)

そのとき結菜は、自分の気持ち――彼に対する本当の気持ちに気づいてしまった。
(そっか……本当に鈍感だったのは彼じゃなくて……)
ようやく理解した。
自分が口に出していた「好き」の意味、光惺と星野が呆れた意味を――
気づくと涙が溢《あふ》れていた。
ああそうか、だからこんなに胸が苦しいのか――結菜はグッと拳を握りしめた。
この一曲は、彼に向けて感謝の気持ちを伝えるもの。
泣いてなんていられない。
最後まで歌いきりたい――

『──結菜は声が綺麗だ』

そう言ってくれた彼に向けて。

そして、ここまで導いてくれた彼のために。

伝えるように、届くように、響くように、奏でるように、全身全霊をもって──

＊　＊　＊

〝Through many dangers, toils and snares
You have already come
'Twas grace that brought you safe thus far
And grace will lead you home...〟

一組の若いカップルが、アニバのゲートから腕を組みながら出てきた。駐車場に向かっている。

「楽しかったなぁ。また来よな？」

楽しい余韻に浸りながら、彼氏が笑顔で彼女に話しかける。

「せやね。絶対また……あれ?」

ふと、彼女のほうが、駐車場の茂みから脚が出ているのに気づいた。

なんだろう——もう少し近づくと、強面《こわもて》の中年男が、ぐったりと、しかしいたく穏やかな表情で寝転がっている。二人は不審に思った。

「なんやろ、あのオジサン……酔っ払って寝てんのかな？」

「つ……!? てか倒れてるやんっ!?」

彼女が気づき、二人はすぐさま中年男のもとに駆け寄った。

「すんません、あの、大丈夫ですか!? 大丈夫ですか!?」

「どうしよっ……!? この人ぜんぜん起きひんよっ!?」

と、焦《あせ》る彼女。

彼氏は冷静に、呼吸があるか、心音があるかを確かめ、何度も声をかけ続ける。

「アカン、救急車っ！」

「うちが電話するっ……！」

急いでスマホを手にとる彼女。何度も声をかけ続ける彼氏。

けれど、中年男が起き上がることはなかった——

＊＊＊

――そのころ、アニバのゲート前では、涼太《りょうた》が涼花《すずか》を背負ったまま固まっていた。

晶《あきら》はなにか良からぬ予感を覚えつつも、涼太の顔をじっと見つめている。

「なん、で……」

涼太の口から漏れた声は明らかに震えていた。不安、戸惑い、悲しみ、怒り――そんな負の感情が込められた呟《つぶや》きだった。

晶は涼太の視線の先を見つめた。

自分の母親ほどの年齢の女性が立っている。おそらく涼花の母親だと思われるが、涼太と同じように、向こうも顔を強張《こわば》らせていた。

「兄貴？　……誰？　知ってるの？」

涼太からの返答はない。固まったまま、ただ立ち尽くす兄を見て、

「兄貴……どうしちゃったの……？」

と、晶は強烈な不安を覚えた。

今までに、こんな顔をした涼太を見たことがなかったからだ。

すると、ようやく涼太は口を開いた。

「そういう、ことだったのか……——」

そのことに気づくと、得も言われぬ苦しみが涼太の喉元まで押し寄せてきた。

ぞっとした。冷や汗が額からにじみ出てきた。

背中にかかる重み、伝わってくる温かな体温と小さな鼓動——

どうして縁は断ち切れないのだろうか。

どうして都合よく忘れさせてくれないのだろうか。

どうしてメンデルの法則は、こんなにも血が通っていないのだろうか——

〝And grace will lead——

「涼花ちゃんは……俺の、妹なのか……」

——you home...〟

——つづく

## —Amazing Grace (for you version)—

*Song by Yuina Tsukimori*

Amazing grace, how sweet the sound
That saved a wretch like me
I once was lost, but now I'm found
Was blind, but now I see...

'Twas grace that taught my heart to fear
And grace my fears relieved
How precious did that grace appear
The hour I first believed...

Through many dangers, toils and snares
You have already come
'Twas grace that brought you safe thus far
And grace will lead you home...

And grace will lead you home...

## 『アメイジング・グレイス(for you version)』
## 歌：月森結菜

素敵な優しさ　なんて甘い響きなの
おかげで私みたいな惨めな人間は救われました
一度は迷子になったけど　今はわかったの
気づけなかったけど　今は…

私に恐れをあたえた優しさでした
私の恐れを和らげるものでもありました
なんて貴い優しさをもらったんだろう
それが最初に私が信じた瞬間でした…

多くの危険　苦しみと誘惑を乗り越えて
あなたはここまでやってきました
ここまであなたを無事に導いてくれたのは優しさ
そして　優しさがあなたを帰るべき場所に導きます…

そして　あなたを帰るべき場所に導くでしょう…

# あとがき

こんにちは、白井《しらい》ムクです。じついも七巻のあとがきを書かせていただきます。

はじめに嬉《うれ》しいご報告から。

この度、じついものASMRボイスドラマがじついも七巻と同時発売となりました！　脚本はなんと『乃木坂春香《のぎざかはるか》の秘密《ひみつ》』シリーズの五十嵐雄策《いがらしゆうさく》先生。そしてCVは、本作PVなどでお世話になっております、ヒロイン・姫野晶《ひめのあきら》役の内田真礼《うちだまあや》様です！

この素晴らしい作品に、原作者として深い感動を覚えております。五十嵐雄策先生、内田真礼様、並びに制作スタッフの皆様に、心より感謝申し上げます。読者の皆様もぜひASMRボイスドラマの世界を楽しんでいただけたらと存じます。

また、じついもと並行して執筆させていただいております「双子まとめて『カノジョ』にしない？」シリーズですが、初夏に第三巻を発売する予定となりました！

こちらもシリーズとして順調に成長しておりますので、じついも読者の皆様にも、ぜひお手にとっていただきたく存じます。

さて、じついも七巻ですが、最後に「つづく」とありますように、八巻へ続く内容となっております。涼太《りょうた》たちじついもの登場人物たちがぶつかる最大の壁に直面し、これからどうなっていくのか、というお話が八巻で描かれます。

ここでは多くを語りませんが「ハッピーエンドしか勝たん！」という晶の言にありますように、この先にあるハッピーエンドを描きたいと思っておりますので、ぜひ八巻までお付き合いくださいますよう、よろしくお願いいたします。

最後に謝辞を。

これまで多くの方々のご支援とご協力を賜りましたこと、心より御礼申し上げます。

シリーズが進むにつれて感謝を伝えたい方が増えました。作家冥利《みょうり》に尽きるといったところで、これまでの出会いに、日々感謝をして過ごしていく所存です。

本作、本シリーズを温かく応援してくださる皆様に、心よりの感謝を申し上げます。そして、本作に携わった全ての方のご多幸を心よりお祈り申し上げます。

滋賀県甲賀《こうか》市より愛を込めて。

白井ムク

富士見ファンタジア文庫

じつは義妹《いもうと》でした。7
～最近《さいきん》できた義理《ぎり》の弟《おとうと》の距離感《きょりかん》がやたら近《ちか》いわけ～

令和6年4月20日　初版発行

著者――白井《しらい》ムク

発行者――山下直久

発　行――株式会社KADOKAWA
〒102-8177
東京都千代田区富士見2-13-3
0570-002-301（ナビダイヤル）

印刷所――株式会社暁印刷

製本所――本間製本株式会社



ISBN978-4-04-075414-7 C0193

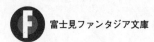